死神ラスカは謎を解く2

著　植原翠

マイナビ出版

CONTENTS

登場人物紹介

霧嶋秀一（きりしましゅういち）

県警捜査一課の刑事。
基本的には正義感が強く穏やかで
人当たりのいい人物。
よくクリームパンを食べている。

ラスカ

昼はカラス、夜は人型になれる死神。
喧嘩っ早く、直情的だが、食べ物で
釣られるチョロいところがある。

椎野紬（しいのつむぎ）

霧嶋の従兄妹の専門学校生。
天真爛漫な自由人。
小さい頃から霧嶋のことが好きで、
ごはんを口実に様子を見に来ている。

死神ラスカは

Death Rasca

謎を解く

solves he mystery.

2

植原翠

Sui Uehara

file. 1　死神の翼

晴れた青空から、鳥が舞い降りてくる。春先の陽の光が、広げた黒い翼に切り取られ、アスファルトに影を落とす。スーツ姿の青年は、その鳥影を見上げた。鼻先に羽が一枚、ひらりと落ちる。

彼が掲げた腕に、一羽のカラスがとまった。

その様子を、眺める男がいる。寂れた住宅街の一角に停まった車の中。車窓から見えた光景に、男は目を疑った。

「……カラス？」

青年の腕から、再びカラスが飛び立つ。青年は何事もなかったかのように歩きだし、男の乗っている車のドアを開けた。

「お疲れ様です。買ってきましたよ」

彼——霧嶋秀一が掲げたコンビニの袋には、アンパンと牛乳が入っていた。助手席に座っていた男は、困惑気味に手を伸ばす。

「お、おお。おせーよ」

助手席の男、瀬川大介は、霧嶋の中性的な整った顔を見上げた。

「お前……今、カラスに襲われてなかったか？」

「ん？　そんなことないですよ。見間違いじゃないですか」

霧嶋はそう言うと、運転席に腰掛けた。

「それで、対象に動きは？」

「全くなし」

瀬川がさっそくアンパンの封を開けた。霧嶋は、それを横目に眺める。

「アンパンと牛乳なんて、張り込みの刑事みたいですね」

「実際、張り込みの刑事だろうが」

霧嶋と瀬川は、とある県警北警察署に勤める、強行犯係の刑事である。霧嶋は刑事課最若手の二十八歳、瀬川は今年で四十一歳になる。

季節は冬から春へと移っていく。そんな穏やかな陽気の日の昼下がりも、彼らは物騒な事件を追いかけている。殺人、放火、強盗などの凶悪犯や暴行、傷害などの粗暴犯と、真正面から向かい合う――それが、彼らの日常なのだ。

二日前の深夜、管轄内で暴行事件が起きた。近くに監視カメラはなく、人けのない場所だったせいで目撃者も挙がらなかった。どうにか犯人と思われる男と、彼が出入りする事務所までは特定したものの、決め手に欠ける。この件の担当を任された霧嶋と瀬川は、事務所の張り込みで証拠を探っていた。

瀬川がアンパンにかぶりつく。

「張り込みといえば、アンパンと牛乳だな」

「僕はクリームパンとコーヒーですね」

「お前、ひねくれ者って言われるだろ」

さっと口にできてエネルギーになりやすいと言われる菓子パンであることには変わりないが、霧嶋は王道から半歩逸(そ)れている。古い刑事ドラマに憧れてこの職についた瀬川は、こんな些細(ささい)なことが鼻についた。

「ふうん。器量良しの坊っちゃんは、そんな古くせえイメージにとらわれませんってか」

「そういうつもりじゃなくて、単に好みの問題です」

霧嶋は、あっさりした口調であしらった。それがまた、瀬川の癪(しゃく)に障る。

「さすがは若きエース。はいはい。オッサンは黙ってますよ」

扱いづらい人だ、と、霧嶋は内心ぼやいた。

瀬川は、この春の異動で別の署から配属されてきた。数年前にも北署の刑事だった時期があるが、別の署の交通課に異動し、それからまた北署の刑事に戻ってきた形である。

霧嶋は、この新しい相棒のペースを摑みかねている。仕事の会話から単なる日常会話まで、なにかと嫌味で返されるのである。

「ところで瀬川さん。ひとつ提案なんですが」

アンパンを頰張った瀬川に、霧嶋は言った。

「張り込み、もう引き揚げません？」

「あ!?」

上からの指示での張り込みだというのに、こいつはなにを……と、瀬川は眉を顰めた。

しかし霧嶋は、怯まず続ける。

「会って話したい人がいるんです。暴行事件の目撃者です」

「目撃者、見つかったのか!?」

「はい。いたみたいですよ。たった今、情報が入りました」

霧嶋はにこりと目を細める。その手はくるくると、カラスの黒い羽を弄んでいた。

その後の展開は速かった。これまでの捜査は動きが鈍っていたが、目撃者への聞き込みを機にトントン拍子で事が進み、あっという間に解決に漕ぎ着けたのである。

部署の課長が霧嶋の肩を叩く。

「口止めされていた目撃者を見つけてくるとは、やるじゃないか！　最近調子いいな、霧嶋」

「恐縮です。ありがとうございます」

霧嶋が突然新しいヒントを提示して、それがきっかけで捜査が進む……今回に限らず、こんなことがよくあった。少なくとも、ここ半年程度で大小合わせて十回は起こっている。

そしてその謎の機転のおかげで、霧嶋は部署内外から高く評価されている。上司の激励に機嫌を良くする霧嶋に、背中から声がかかった。

「眉目秀麗で仕事もできて、持ってないものなにもないな」

皮肉っぽく言うのは、瀬川である。

「そのきれいな顔に傷がつかないうちに、刑事から引っ込んだほうがいいんじゃねえの？」

「ははは」

霧嶋は乾いた笑いを返し、席を外した。

署の廊下をすたすたと歩き、階段を上り、屋上に出る。そして柵を両手で握った。

「なんっだよ、あいつ！」

ここまで溜めてきたぶん、それなりに大きな声が出た。

「なんでこうも僕を目の敵にするんだ。仕事上の相棒なのに……こっちだって、好きであんたと組んでるんじゃないっつの」

瀬川本人に対しては軽やかにあしらっている霧嶋だったが、気にしていないわけではなかった。瀬川の態度には、人並みに腹が立っている。

ひとり密かに怒りを発散させる。そんな霧嶋の耳に、パササと羽音が届いてきた。彼の握る柵に、一羽のカラスがちょこんととまった。

青く光る黒い翼に、細長いくちばし。シャープなフォルムのわりに愛嬌のある、黒くて丸い目。カラスは身を屈めて、霧嶋の顔を覗き込んだ。

「なにひとりでキレてんだ」

カラスが、口を利く。霧嶋は驚くでもなく、カラスに顔を向け、柵の上で腕を組んだ。

「ひとりにならなきゃ、キレられないでしょ」

それから、カラスのくちばしをちょんと撫でた。

「まあ、それはさておき。目撃者情報の提供、ありがとね、ラスカ」

　カラス――ラスカは、霧嶋の手を払い除けた。

「別に。たいして難しいことでもねえし」

「目撃者、どうやって見つけたの？　こっちが情報を募っても、口止めされてたみたいで全然名乗り出てくれなかったのに」

「あんたが追ってた容疑者を調べてたら、そいつに脅されて口止めされてる人を見た、って奴がいた。別の奴からも話を聞いて、その脅されてた内容を調べて、特定した」

　つまり目撃者の目撃者を見つけて、情報を掻き集めてきたのである。霧嶋は、ほうと感服した。

「その、目撃者の目撃者って？」

「ヒヨドリ。あの辺、たくさんいんだよ」

　ヒヨドリとは、灰色の体と褐色の頬が特徴の、三十センチほどの野鳥である。人の言葉を話すカラスであるラスカだが、鳥として暮らす彼は、野を飛ぶ鳥と意思の疎通を図れる。

　現場に人の目がなくても、鳥が見ている。彼はこうして、鳥の言葉をヒントに、事件を解決に導く。

　霧嶋は満足げに目を細めた。

「ヒヨドリから聞き込みしてくるなんて、便利なカラスだなー。やっぱり、持つべきものは鳥の友達だね」

「チッ。顎で使いやがって。感謝するなら飯を寄越せ、飯を」

ラスカが羽を膨らませる。

霧嶋がこのところ、順調に成果を上げているその理由は、ここにある。霧嶋には、この喋るカラス、ラスカがいるのだ。合わないバディである瀬川よりも、この便利なカラスのほうが、真の相棒といえる存在である。

霧嶋は、翼を畳んだラスカの背中をとんとんと撫でた。

「そうだね。今日は早めに上がって、おいしいものを作るよ」

「触んな」

霧嶋の手にくちばしをぶつけて、ラスカは飛び立った。羽ばたく翼が風を起こし、霧嶋の前髪を揺らす。尾羽を扇状に広げて飛んでいく、黒い後ろ姿が、声だけ投げてくる。

「飯、肉！」

「はいはーい」

ぶっきらぼうな態度ながら素直で従順なラスカに、霧嶋はにんまりする。瀬川に対する苛立ちも、いつの間にか和らいでいた。

＊＊＊

その日の夜、七時頃。霧嶋の暮らすマンションの一室に、香ばしい匂いが漂っていた。キッチンで料理をする霧嶋は、鼻歌を歌いながら客人を待つ。

やがて、インターホンが来客を知らせた。

「来た！」

霧嶋はエプロンをはためかせ、玄関に駆けつけた。扉を開けて、そこに立つ友人を迎える。

「いらっしゃい、ラスカ！」

「ん」

署の屋上に現れたカラスと同じ名前で呼ばれたのは、黒い上着の他も黒ずくめの服装に、黒髪の青年だった。上着のポケットに手を入れて、長い前髪の隙間から、鋭い目つきで霧嶋を見ている。

「飯、なに作った？」

「牛ロースのパイ包み焼き、バルサミコソース」

「なんかしゃれたもん作ったな」

黒い青年が、玄関を上がる。霧嶋は楽しげに、彼をダイニングへ招いた。

「君、どうせ昼はゴミみたいなものしか食べてないんでしょ？　そっちの姿に戻ってるときくらいは、贅沢なもの食べてほしいんだよ」

「ゴミ……まあ、カラスだし」

青年、ラスカは複雑そうに言った。

カラスのラスカの正体は、この黒髪の青年である。彼は理由あって、日中はハシボソガラスの姿になり、夜はもとの青年の姿に戻る、厄介な体質をしている。

この面倒な事情を知っていて、それを便利に扱う者は、霧嶋だけである。

「ちょうど焼き上がったところだよ。さっそくご飯にしよう」

ひとり暮らしにしては広すぎる、マンションの一室。ダイニングテーブルに並んだふたつの椅子が、ラスカを迎える。テーブルには、皿に盛り付けられた牛ロースのパイ包み焼きと、サラダと付け合わせのグラッセ、オリーブオイルを添えたバゲットが並ぶ。

「すげ……」

ラスカは仏頂面のまま、目を輝かせた。

日々の食事にもまともにありつけないラスカにとって、霧嶋の作る料理は、貴重なご馳走である。霧嶋にいいように利用されても、ラスカが文句を言わないのは、このおいしいご褒美が待っているからなのだ。

「こんな肉の塊、見たことねえ」

「かわいそうになってきたな。とはいえ、それも僕が自分で買ったわけじゃないよ。実家から送られてきたんだ」

霧嶋がカトラリーを運ぶ。

「新しい精肉ブランドを立ち上げたらしくて、それがかなり気合い入ってるんだ。ものすごい量の差し入れが送られてきてるから、ラスカが食べに来てくれると助かるよ」

霧嶋の生まれは、国内最大手食品メーカーの創業一家である。家を出て警察に入ってからも、実家から食材が送られてきている。

おまけに霧嶋の趣味が料理であるために、彼は食べきれないほどの食材で食べきれないほどの料理を作り、持て余してしまうのである。食べ物に誘われてくるラスカは、霧嶋側から見ても都合が良かった。

食事の時間が始まる。ラスカは椅子の背もたれに上着をかけて、着席した。

「で、あんた、屋上でキレてたけど。例のあいつか？　あの、新しい相方」

「そう。瀬川さんね」

霧嶋も席に座り、料理を前にして手を合わせた。

「息をするように嫌味を言うから、隣にいるだけで参っちゃうよ」

「あんたが嫌われるようなことしたのか？　それとも、向こうが誰に対してもそうなのか？」

ラスカも霧嶋を真似て手を合わせ、フォークを手に取る。霧嶋はうーんと唸った。

「たぶん、僕が嫌われてる。『若くして刑事課配属で調子に乗ってる』と思われてるみたいで」

ひと口大に切り分けたパイ包み肉を、口に近づける。

「仕方ないね。僕はルックスに恵まれてるし、実家は太いし、仕事面も優秀だし、持たざる者たちに妬まれるのには慣れてるよ」

「瀬川ってたしかに嫌な奴だけど、あんたのほうが性格悪いかもしんねえな」

ラスカはぼそっと毒づいた。霧嶋は聞こえないふりをして、ラスカに問うた。

「ところでラスカ。君、カラス時間変更になるかもって言ってたよね。あれはどうなったの？」

「ああ、人間であるあんたと、必要以上に関わった罰の」

カラスになったりもとの姿に戻ったりするラスカは、当然、真人間ではない。人外の存在である彼には、人外に課せられる掟（おきて）があった。

　そしてその掟を破った罰として、ラスカは半日、真の姿を没収される。そして仮の器である、ハシボソガラスの姿にされてしまうのだ。

　一旦は刑期を終えて、一日じゅうもとの姿を取り戻したのだが、別の罪を犯した彼は、再びカラスと青年の二重生活に逆戻りしている。

「カラスの時間が一日十八時間に延びる可能性があったんだが、それはどうにかなった。これからも今までどおり、朝六時と夕方六時で切り替わる」

「そっかあ。相変わらずの、十二時間態勢ね」

　人外の存在であるラスカは、人間と過剰に関わってはいけない。それなのにこうして霧嶋のもとを訪ねているラスカは、違反者として罰せられるのである。

　罰せられてもなお霧嶋のところへ来るのだから、懲りないものだ。霧嶋は半ば呆（あき）れつつも、ラスカがいなくなると不便なので、そのままにしている。

　ラスカがはむはむと、パイ包みの肉を頬張る。

「延長はなかったが、罰が軽くなったわけじゃない。別の罰が加わった」

「ああ、罰の種類は姿を変えられるだけじゃないんだったね。身体能力の制限とか、他にもあるんだよね」

霧嶋は、以前ラスカから聞いていたそんな話を思い出す。ラスカはこくりと頷(うなず)いた。

「今回は、拠点の制限だ。与えられていた住処(すみか)……まあ、薄暗いボロアパートなんだが、そこを差し押さえられた」

「えっ!? ラスカってアパートで暮らしてたんだ」

こうして食事をともにして、仕事でもパートナーとして扱っているが、霧嶋はまだまだラスカのことを知らない。

「どこに住んでるか知らなかったから、驚いたな」

「住んでるかというと、語弊がある。人間ほど規則正しい生活をしないから、毎日寝泊まりするわけじゃない。人の姿に戻れる貴重な十二時間を、寝て過ごすのはなるべく避けたいしな」

昼は仮の姿に変えられてしまう事情があるラスカは、夜のほうができることが多い。拠点は、たまの休憩場所として利用しているのである。

霧嶋はへえと、物珍しそうに感心した。

「しかもそれが差し押さえられたってことは、今は家がないの？」

「そうだ。まさに、今日から」

ラスカがあっさり答える。霧嶋は、はあと嘆息した。

「今日から帰る場所がない人のわりに、そうとは思えない落ち着きぶりだね。あくまで拠点だから、なくてもなんとかなるのか」

休憩用の仮住まいのあてでもあるのだろう。霧嶋は深く踏み込まず、食事を続けた。

牛ロースの塊を贅沢に包んだパイ包み焼きに、甘みのあるバルサミコソースが絡む。赤ワインの香りが肉によく合っている。ラスカも満足げに噛みしめる。おいしそうに食べる彼を眺めるのも、霧嶋がラスカを食事に呼ぶ、楽しみのひとつになっていた。

肉を飲み込んだラスカが、口を開いてギザギザの牙を覗かせる。

「そういうわけだから、そこのリビングのソファを寝床にする」

「へ？」

「あんた、朝は何時にここを出るんだ？　カラスの姿のまま閉じ込められて施錠されると、さすがに困る」

「ちょっと待って。君、泊まってくつもり？」

いつの間にやら、それ前提で話が進んでいる。霧嶋が待ったをかけると、ラスカはちらりと目を上げた。

「……せめて、ひと晩だけ」

「家がないくせに、ずいぶんと余裕だなと思ったら……」

霧嶋はため息をついた。ラスカは不遜な言動が目立つ青年だが、妙なところで甘え上手である。彼は住処をなくした自分を、霧嶋が放っておかないのをわかっているのだ。

実際霧嶋は、こうなったラスカを放り出せるほど鬼ではない。

「仕方ないなあ。君には普段から世話になってるし、便利に使ってるのはお互い様だね」

「助かる」

交渉成立したラスカは、ぺこりと小さく会釈した。

霧嶋は、テーブルから部屋を見渡した。キッチンと繋(つな)がったダイニングと、地続きのリビング。寝室を含め、他に部屋は四つある。もともとひとりで暮らすには、ここは広すぎる。

「毎日拠点に帰ってくるわけじゃないんでしょ？　休憩所として利用してるだけで」

「ん」

「じゃあ、ひと晩と言わず、次の拠点が決まるまでは使っていいよ。すぐに新しい拠点が見つかるほど、世の中は甘くない」

「あんた、性格悪いけど良い奴だな」

「宿泊費は労働で支払ってもらうからね」

こうして、霧嶋とラスカのルームシェアが始まった。

＊＊＊

事件が起きたのは、その翌日だった。管轄内にある大学の学生寮で、女子大学生の遺体が見つかった。

刑事である霧嶋は、現場に臨場していた。

「殺害されたのは、姫宮鞠花（ひめみやまりか）さん。大学の教育学部に通う、二十一歳の大学生」

霧嶋は瀬川とともに、状況を整理する。

被害者、姫宮鞠花の部屋には、部屋の主である姫宮の遺体が転がされていた。チョコレート色のボブカットに、清楚（せいそ）な印象の化粧をした女性だ。柔らかな桃色のブラウスを血で染め上げ、愛らしい顔を青白くして寝そべっている。

「死亡推定時刻は、昨夜十一時頃。第一発見者は……」

霧嶋の目が、部屋の窓から見える、寮の外の道路に向く。

道路の脇に停まったパトカーへ、短髪の男が導かれている。警察に連行されるその男こそが、第一発見者、幹村疾風（みきむらはやて）である。

がっしりとした逞（たくま）しい体格の、スポーツマン風の男だ。彼もまた、姫宮と同じ大学、同じ学部の大学生だった。爽やかな好青年風だが、今はぶるぶると打ち震えてパトカーに詰め込まれている。

霧嶋は、事前に聞いていた情報を瀬川に共有する。

「幹村は、被害者の姫宮さんの交際相手だそうです。姫宮さんの部屋には日頃からよく出入りしていて、昨晩も、寮の防犯カメラに映っていました」

寮の防犯カメラは、入り口とエレベーターに設置されている。幹村は死亡推定時刻の十一時より少し前、エレベーターで姫宮の部屋の階まで上り、しばらくして戻ってきている。

「幹村の鞄（かばん）からは、凶器の包丁も見つかりました」

幹村の通学バッグには、財布と筆箱と教科書とともに、血に塗（まみ）れた包丁が入っていた。

瀬川が唸る。

「交際相手を殺害か。痴情のもつれか？」

霧嶋は、ランプを光らせて去っていくパトカーを、窓から見ていた。

「幹村が第一発見者として通報してきたのは、今朝なんですよね。勢いで殺して、ひと晩明けて冷静になって、自ら通報した……ってところでしょうか」

「自分から通報してんだし、その辺りも取り調べで素直に喋るだろうよ」

瀬川が女の死体の前にしゃがむ。パトカーが遠のいていく。と、霧嶋が外を見つめる窓辺に、カラスが近づいてきた。すぐそばの電線にとまり、彼を睨んでいる。

それを見て霧嶋は、自宅のリビングのソファで丸くなっていた、カラスの姿のラスカを思い出した。六時を回ってカラスになったラスカは、羽を膨らませて熟睡していた。そのラスカを、うっかり忘れて起こさず出かけてきている。彼は今頃、カラスの姿で部屋の扉も開けられず、閉じ込められているのではないか。

「やば……まあいっか」

霧嶋はそう呟いて、再び頭を仕事に切り替えた。

＊＊＊

「だからあ、俺じゃねえっつってんだろ！」

北署の取調室に、幹村の怒声が響く。

「何度も言ってるとおり、俺は昨日、鞠花に呼ばれてあの時間に部屋を訪ねたんだよ。でも部屋の鍵は閉まってるし、呼んでも出てこねえから、しばらく待って諦めて帰ったんだよ」

姫宮を殺害したのは、交際相手の幹村で間違いない。状況から見てそのはずだというのに、幹村は、取り調べで容疑を否認した。

「そんで、朝になって、もう一回訪ねた！　今日は一限から授業だから、一緒に行くって話してて。それでも返事がなくて……。そのときになって、合鍵貰ってたのを思い出して開けてみたら、鞠花が……」

幹村の語気はだんだん弱まり、やがて彼は俯いた。

取り調べ担当として彼の前に座る霧嶋と瀬川は、顔を見合わせた。カメラの映像、凶器と、これだけ証拠が揃っているのに、幹村は容疑を認めない。瀬川が大仰に肩を竦めた。

「今更なにを言ってんだ。お前がやったのは明らかなんだから、もう論点はそこじゃねえんだよ。動機とか、あとなんで朝になってから通報したのかとか、その辺りを喋れよ」

「俺じゃない」

「悪あがきにもほどがある。お前じゃねえなら、カメラに映ってたのは誰だ？　鞄に入ってた凶器はなんだ？　ええ？」

瀬川が目を眇め、机を叩く。日頃から嫌味っぽい瀬川は、取り調べの態度も横柄だと、霧嶋は思った。

それからどれだけ粘っても、幹村は容疑を認めなかった。取り調べ担当は交代になり、霧嶋と瀬川は、裏付け捜査に回った。

幹村と被害者の姫宮を知る人たちに聞き込みに出かける。署の駐車場で、瀬川が覆面パトカーに乗り込む。霧嶋もあとに続こうとすると、カサッと、そばの植木の枝が揺れた。

「おい。あんた、よくも閉じ込めてくれたな」

木の葉の間から顔を出す、カラスがいる。霧嶋はその顔を見上げた。

「ラスカか。閉じ込めたのに、どうやって出てきたの？」

「くちばしで窓の鍵開けて、少しずつ窓を押し開けたんだよ」

「じゃあ今、僕の家、窓開いてるの？　やだな」

霧嶋はそう言って、ラスカに背を向けた。

「それじゃ、今は急ぐからあとでね。大学生の寮で女の子が殺されて、忙しいんだ」

「ああ、さっきの学生寮のか」

どうも、霧嶋が被害者の部屋から見たカラスは、ラスカだったようだ。ラスカは枝をたわませて、霧嶋の背中に言った。

「残留思念、なかったぞ」

「えっ？」

パトカーに向かおうとしていた霧嶋は、思わず足を止めた。ラスカは葉の中から、もう一度言った。

「人が死んだ場所には、体から離れた、残留思念があるはずだ。でも、あそこにはなかった」

日中はカラス、夜は青年のラスカの、その正体は。

「女子大学生、あの部屋で殺されたんじゃない」

彼の正体――それは、この世に残された死者の思念を、あの世へと送り届ける者。その名も、死神である。

人はその命が終わる瞬間、恐怖や悲しみ、執着、愛情など、強い感情をその場に焼き付ける。肉体から切り離された思念は「残留思念」と呼ばれ、肉体が死した場所に取り残される。

死神たちは、残留思念が残り続けないよう、この世から浄化させる。それが彼らの存在意義なのだ。

　霧嶋の顔色が、すっと変わった。

「来たね、ラスカの本領発揮」

〝死〟が発生した場所に残る残留思念は、言い換えれば、事件現場の証明である。遺体があるのに残留思念がなかったり、逆に残留思念があるのに遺体がなかったりすれば、死亡した場所と遺体のある場所が異なっている、という証拠なのだ。

　しかし残留思念は、人間の目には見えない。死神であるラスカだからこそ、見抜く。この能力は、刑事である霧嶋にとって、最大の武器だった。

　これまでの状況から、姫宮は、彼女の居室にやってきた幹村に刺されて殺されたと考えられていた。しかし、そうではないのなら。

「姫宮さんは、本当はどこで殺されたの？」

「知らねえ。残留思念がどこにあるのか、捜してみないことには、なんとも言えねえな」

「少なくとも、死亡推定時刻に自分の部屋にいなかった。そうなると、幹村がカメラに映っていたとしても、関係ないかもしれないわけで……。それどころか、アリバイにすらなりうる」

凶器を持っていたのだから、幹村が疑わしいのは変わらない。だが、なにもかもが警察の想像どおりではないというのも、明らかだ。

覆面パトカーのドアが開き、瀬川が怒鳴った。

「霧嶋！　なにやってんだ！　早くしろ！」

「ラスカ、あとで話そう」

霧嶋はラスカにそう言い残し、瀬川のほうへと走った。

＊＊＊

霧嶋と瀬川は、まず初めに、被害者のバイト先へ向かった。オフィス街にあるこじゃれた喫茶店だ。客層は若く、華がある。

この店の雇われ店長、真鍋浩史も、三十代のこぎれいな男性だった。

「鞠花ちゃんが……」

バイトの姫宮が亡くなったと聞いて、彼は青ざめた。霧嶋と瀬川を店の奥の控室へ通し、真鍋は捲し立てるように尋ねた。

「犯人は誰なんですか？　もしかして、鞠花ちゃんのストーカー？」

「ストーカー？　いたんですか？」

霧嶋がメモを取る。真鍋は一旦、言葉を呑んだ。

「いた、と、思います。わからないけど」

彼はぽつぽつと、整理しきれていない思考を口にした。

「鞠花ちゃんは、この店のホール担当の中でも、かわいらしくて愛想が良くて、お客さんから人気がありました。中には、彼女と連絡先を交換しようとする人もいた」

それを聞いた瀬川が、ああ、とぼやく。

「いかにもモテそうな雰囲気だったもんなあ。ああいう、清楚で遊んでなさそうな女の子はモテる。そういう子ほど、遊んでたりしてな」

いつもどおり余計なひと言を付け足す瀬川に、霧嶋は眉を顰め、真鍋は拳を握って吠えた。

「鞠花ちゃんのことを、そんなふうに言うな！　あの子はそんな子じゃない！」

「はいはい、失礼しました。ていうか店長、ずいぶんと鞠花ちゃんに入れ込んでますね」

瀬川が言うと、真鍋は急に目を泳がせた。なにか言おうとしては口を閉じ、やがて、頭を下げる。

「そろそろ忙しい時間帯なので、お引き取りください」

真鍋はそれ以上は語ろうとせず、ふたりを追い出した。

控室から出てきた彼らを、ホールのバイトが見ている。若い女性バイトふたりが、ひそひそと話している。霧嶋はメモとペンを握り直し、バイトたちのほうへと歩み寄った。

「こんにちは。お話を聞かせてもらえますか？」

霧嶋が話しかけるなり、バイトたちのほうから尋ねてきた。

「鞠花さん、なにかあったの？」

「私たち、一緒に働いてただけで、別に仲良くはないけど」

バイトふたりは、それぞれ高校生バイトの、河合春菜（かわいはるな）と大澤綾美（おおさわあやみ）と名乗った。ふたりはホールから抜け、店の裏で霧嶋と瀬川に話しはじめた。

「鞠花さん、かわいいし誰にでも優しいから、勘違いしちゃう人多いんだよ」

まだ姫宮の身になにが起こったか聞いてもいないのに、彼女たちは勝手に盛り上がる。バイト先に刑事が来たという非日常的な出来事だけで、昂（たか）ぶっているのである。

「たぶん、店長も惚（ほ）れてるよね。あと、キッチンの若里（わかさと）」

「若里、さん？」

新しい名前が出てきた。メモを取る霧嶋に、河合が頷く。

「皿洗い担当の男の人。ぼやーっとした暗い雰囲気の人だから、見ればすぐわかるよ」

「陰気な人で、女慣れしてなくてさ。そんな奴相手でも鞠花さんは優しかったから、あいつ絶対、狙ってた」

若里という男は、どうも彼女たちから毛嫌いされているらしい。霧嶋はメモを書き留めた。

大澤が河合の肩をぱたぱたと叩いた。

「わかった！　鞠花さんになにかあったんなら、あいつがなんかしたんだよ。ストーカーっぽいし！」

「やば！　きもーい」

「あの、事実無根ですよ……」

霧嶋は苦笑してふたりを制し、瀬川も呆れ顔で言う。

「すでに容疑者捕まってっから」

「えー、じゃあ若里じゃないんだ」

河合が若里の顔を思い浮かべ、不快そうに眉を寄せる。

「でもさ、若里ってなんかやらかしていそうだよね。犯罪者っぽい顔してる」

全く根拠のない話にシフトしてきて、霧嶋は困り顔になる。瀬川は早く本題に戻したくて苛立っている。

そんなふたりの表情も気にせず、バイトたちは盛り上がった。

「アパートの家賃払えてないらしいよ！　前、店長に相談してるの見た」

「鞠花さんにも、お金のこと相談して困らせてたのかも」

「むやみに悪者扱いするもんじゃねえぞ。まあ、その若里って奴の面を拝んでおく必要はあるが」

瀬川がため息をつく。霧嶋は念のためメモを取りつつも、首を捻った。

明るい雰囲気のこの店で、陰気な男は浮いており、こんな扱いを受けている……それだけだろうと思う。しかし若里が気になるという意味では、瀬川に同感だ。唯一優しく接した姫宮に、なんらかの強い感情を持っていそうである。

ホールへ戻っていくバイトふたりとともに、霧嶋と瀬川は再び店内に入った。キッチンを覗くと、食器の予洗いをする青年の姿が見えた。

背中の丸まった、気弱そうな男だ。年齢は二十代前半か、中頃くらいか。黒いキャップを被っていて顔が翳っているせいで、無表情がやけに暗く見える。

霧嶋はキッチンの出入り口から顔を覗かせ、彼に声をかけた。

「あのー、若里さんですか？」

「ひぇっ」

名前を呼ばれた青年が、びくっと跳ね上がる。霧嶋が会釈する。

「お話を聞かせてもらいたく……」

と、そこへ、店長の真鍋が割って入ってきた。

「キッチンは衛生に気をつけてるんで、入ってこないでください。さっきも言ったとおり、忙しいんです。あとにしてください」

再び追い出され、霧嶋は瀬川と顔を見合わせた。

「あとでまた来ましょうか」

「チッ。粘るより次に行ったほうが早いか」

若里を含め、他のバイトの話も聞きたいが、今は聞かせてもらえそうにない。ふたりはおとなしく、店から撤退した。

続いて会いに行ったのは、姫宮と同じ大学に通う学生、中野由依（なかのゆい）だった。ストレートヘアを胸に垂らした、おとなしそうな女性だ。彼女とコンタクトを取ったのは、大学の敷地内の緑地である。

「鞠花とは、高校から一緒の親友です。同じ大学に行って、同じ寮で楽しく過ごそうって、約束してました」

中野は俯き、口元を手で覆った。

「それなのに……こんなことになるなんて……」

中野は声を震わせ、何度も呼吸を整えていた。

幹村は、寮へ姫宮を迎えに行き、遺体を発見して通報した。同じ寮、それも隣の部屋に住む中野も、すぐにその大騒ぎを聞きつけた。現場に駆けつけた彼女は、友人の無惨な死に様を目のあたりにしたのである。

「ねえ、刑事さん。鞠花を殺したの、幹村くんなんですよね？　実は、私、昨日の深夜、ふたりの揉めてる声を聞きました」

「お、さすがお隣さん」

瀬川が真顔で呟く。中野は青い顔で、声を震わせる。

「夜中、幹村くんの怒鳴り声で目が覚めました。鞠花の悲鳴も聞こえた」

それから彼女は、言いにくそうに語った。

「私、何日か前、鞠花から幹村くんと別れたいって相談を受けてました」

霧嶋は黙ってメモを取った。姫宮は幹村と交際関係にあったが、親友の中野には、別れたい気持ちを打ち明けていたという。

「鞠花、他に好きな人ができたらしくて。あの子はかわいくてモテるから、バイト先のお客さんからしょっちゅう連絡先貰ってた。幹村くんはちょっと無神経なとこあるし、鞠花の気持ちが他の人に移っちゃうのも、仕方なかったと思う」

姫宮のバイト先の店長と、証言が重なった。中野は両手で顔を覆って、崩れ落ちた。

「私……鞠花に『別れちゃえ』って、軽い気持ちで言っちゃった。そのせいで鞠花は、別れ話を切り出して、怒った幹村くんが……。昨晩だって悲鳴が聞こえたのに、私、怖くて、動けなくて」

うずくまる中野の前に、霧嶋はしゃがんだ。嗚咽を漏らす彼女に、優しく語りかける。

「真相は、僕らが必ず明らかにします」

そう言うと霧嶋は立ち上がり、別の大学生からも話を聞こうとした。中野が幹村と姫宮の声を深夜に聞いたというのなら、反対隣の部屋の学生も聞いているだろう。しかし、聞き込みに行こうとする霧嶋を、瀬川が止める。

「大学の関係者は、他の奴らが聞き込みしてる。それより課長が、容疑者のほうのバイト先を調べろってよ」

「えー……課長が言ってるなら仕方ないか」

霧嶋はしぶしぶ言うことを聞き、大学をあとにした。

容疑者である幹村は、学生御用達のカラオケ店でバイトをしていた。同じ時間帯にシフトが入っており、幹村をよく知るバイト仲間、笠松要次が霧嶋たちを迎える。

「幹村？　あいつ、キレると手をつけられなくなるんだよな。一見爽やかなんだけど、感情が爆発すると別人みたいに荒れる」

笠松は、幹村よりも少し年上の、二十代のフリーターである。この店のバイトリーダー的存在で、幹村の面倒もよく見ていたという。

「客が問題起こしたときに、堂々と注意できるのは良いところなんだけど。ヒートアップすると、そのまま喧嘩になるのが良くない。あの性格なら、恋人に別れ話を切り出されて、ブチギレて勢い余って殺すなんてことも、あるかもしんないな」

メモをしながら、霧嶋は取調室での幹村の様子を思い浮かべた。たしかに彼は、取り調べに対して大声で吠え、感情を露わにしていた。笠松は続けて語った。

「そのわりに自分に甘くて、無神経だしね。あれと付き合う女の子は大変だろうよ」

大学で話を聞かせてくれた中野も、幹村には無神経なところがあると評価していた。

瀬川もそれが気になって、笠松に尋ねる。

「幹村くんの無神経エピソード、はいどうぞ」

「以前付き合ってた女の子と、ふたりでハマったバンドのライブに行って、ライブグッズの鞄をお揃いで買ってたりとか。その鞄を、今の彼女の前でも平気で使ってたりとか。別に悪いとは言わないけど、『えっ!?』ってなるような言動が、ちょいちょいある」

笠松ははあ、とため息をついた。

「俺は幹村の彼女とは面識ないけど、同じくらい無神経な奴でもないかぎり、あれと交際すんのは疲れると思うよ」

カラオケ店を出た霧嶋と瀬川は、停めていた覆面パトカーに乗り込んだ。瀬川が助手席で脚を組む。

「やっぱり、姫宮鞠花は無神経野郎の幹村に嫌気が差して、別れたくなってたんだな。バイト先で知り合った新しい人に惹かれて、いよいよ別れを切り出したら、幹村の逆鱗に触れてしまったと」

「話を聞いた感じでは、そういうふうに思えましたね」

瀬川に返事をしつつ、霧嶋は半分聞き流して別のことを考えていた。瀬川は気づかずに話を続ける。

「姫宮さんはモテる女だったみたいだからな、幹村なんか捨てても、選び放題だっただろう。たしかにそういう奴に捨てられたら、捨てられたほうが気分悪いよな。わかるか、霧嶋？」

あまり聞いていない霧嶋に、瀬川は含みたっぷりに言った。

「お前、この前、会計課の子から食事に誘われて断ったんだってな。姫宮さんもお前も、少し顔面が良いからって相手を選り好みして、好意を持ってくれる人を雑に扱ってんだろ。だからお前は三十近くになっても独身で……」

「うーん……ラスカ次第で、もう一度寮の監視カメラを見直すか……」

「おい、聞いてんのか!?」

霧嶋はすでに、瀬川の声が耳に入ってもいなかった。瀬川と聞き込みに回るより、ラスカと捜査会議を開くほうが早い。霧嶋の頭の中は、その思考にシフトしていた。

＊＊＊

朝から駆けずり回った霧嶋と瀬川は、昼に一旦休憩を挟むことにした。ようやく瀬川から解放された霧嶋は、署の前に来ていた移動販売のパン屋でクリームパンを購入し、署の裏の公園のベンチでひと休みしていた。

あれから他の調査班と情報を共有したが、中野の他には、幹村たちが騒ぐ声を聞いていた者はいなかった。反対隣は深夜のバイトで留守、それより離れた部屋には、音が響きにくいのだという。

ひらりと、霧嶋の前にカラスが滑空してきた。足元に降り立ったカラスは、尾羽を振ってぺたぺたと歩いてくる。

「あんた、そのクリームパン好きだな」

見た目だけでは他のカラスと見分けがつかないが、口を利くカラスは、一羽しか知らない。霧嶋はクリームパンを毟って、カラス、即ちラスカに放り投げた。

「この店のがいちばんおいしいんだよ」

ラスカは飛んできたパンの欠片をくちばしでキャッチして、翼をひと振りした。空気を軽く揺らして浮かび、霧嶋の座るベンチに、自分も飛び乗る。

春の日差しを浴びて、ラスカの羽毛がきらきらと青く煌めいている。霧嶋はその背中を見下ろし、尋ねた。

「ねえ、ラスカ。残留思念は、死んだ瞬間に肉体から切り離されるって話だったけど、生と死の境目って、どこにあるの？」

これは単なる、素朴な疑問である。

「心臓は止まっていても脳は生きてるとか、その逆もあるでしょ」

「基本は、肉体の全部の機能が止まった瞬間だな。そこで肉体と思念体が分離する。……という、ケースが多い」

　ラスカがくちばしをぱくぱくさせて、パンの欠片を喉へと送る。霧嶋も、パンを口に運んだ。

「他のケースもあるわけだ」

「ある。肉体は生きていても、本人が『自分は死んだ』と受け入れた場合は、その時点で思念体が外れて肉体が置き去りになる」

　ラスカはそう答え、首を傾（かし）げた。

「と、言われてるけど、そんなん死に際の本人じゃないとわかんねえ。それに、俺ら死神が回収に来るのは、大体死体が片付いたあとだから、分離する瞬間なんて気にしたことない」

「死神からすればそうだよね。君たちは残留思念の回収がお仕事なんだから」

　霧嶋はラスカにもうひと欠片パンを差し出し、呟いた。

「いずれにせよ、姫宮さんが襲われたのは彼女の居室じゃないというのは間違いないんだな。ラスカより先に、他の死神が残留思念を回収しちゃったのでもない限りは」

悩む霧嶋に、ラスカはパンを咥えて問うた。

「今朝の女子大学生、どこで死んだかわかったか？」

「まだ捜査中。そう言ってくるってことは、ラスカも残留思念を見つけてないんだね」

「捜すとこ多いんだよ。もう少し絞り込める情報が欲しい」

ラスカがパンを飲み込む。霧嶋はパンをもさもさと齧る。

「僕もね、目星はついてるんだ。でも幹村がやったという方向で話が進んでるから、捜査方針的に、僕の調べたいことは思う存分に調べられない」

その口振りで、ラスカは諸々を察した。

「代わりに張り込め、と」

「よくわかってるじゃないか。まあ、ルームシェアしてあげてるんだから、僕の言うことを聞くのは当然だよね」

ラスカが残留思念を見つけてきたら、犯人を絞り込める。的を絞って接触し、人間にも見える証拠を摑めば、捜査方針も変わる。霧嶋はそうやってラスカを使って、仕事の業績を上げてきた。

ラスカはつぶらな瞳で、霧嶋を一瞥した。

「仕方ねえな。持ってる情報、共有しろ」

便利なカラスだ、と、霧嶋はニヤリと笑んだ。

＊＊＊

霧嶋と別れたラスカは、彼に命じられたとおりの場所へ飛んできた。電線にとまって見つめる先は、大学の学生寮である。

ラスカはその、三階の一列を眺めていた。霧嶋が目星をつけた階だ。並んだ窓はほとんどカーテンが閉められており、中の様子は見えない。今朝、霧嶋を含めた警察官が臨場した部屋も、同じ階にある。

ラスカは数分前の、公園での霧嶋とのやりとりを思い浮かべた。

「姫宮さんは、自分の部屋以外の場所で殺されて、その後部屋に戻されている。発見された部屋以外の場所で事件があったのは、間違いない」

クリームパンを齧り、霧嶋は言った。

「でも、そう長い距離は動かされていない」

霧嶋から捜査情報を共有され、ラスカも頷いた。

「遺体を寮の外から移したんなら、でっけえ荷物を持った人が防犯カメラに映るもんな」

姫宮が殺害された寮には、出入り口とエレベーターにだけ、防犯カメラがある。寮の中でエレベーターを使わなければ、遺体を運ぶ犯人の姿はカメラに映らない。

霧嶋は肩を竦めた。

「ここまでわかってるんだから寮に住んでる人を調べたいのに、僕以外みんな幹村を犯人だと断定してるせいで、深掘りできなかったんだよ」

「代わりに俺に見に行け、と」

「君なら残留思念も見えるし、そのほうが早い」

好きに捜査できない霧嶋の代わりに自由に空を飛ぶラスカは、霧嶋の便利な手足である。

そうしてラスカは、霧嶋の見込みに則(のっと)って、学生寮に戻ってきた。風に揺られる電線とともにゆらゆらしていると、やがて、ひとつの窓のカーテンがシャッと開いた。学生がひとり、午前中で授業を一段落させて戻ってきたのである。

日光を反射するレースのカーテン越しに、ラスカは、微(かす)かな人影を見た。部屋に住む学生だけでない。もうひとつ、チョコレート色の髪の女の後ろ姿が、窓に寄りかかるようにして立っている。その薄ぼんやりとした影は、生身の人間ではない。死神のラスカには、ひと目でわかる。

「見つけた」

ラスカは電線の上で呟いた。

残留思念は、死んだ人間の死んだ瞬間の感情を、具現化したような姿かたちをしている。その人本人の顔をして、死の瞬間に着ていた服に身を包んでいる。そこにあったのは、霧嶋が調べていた女子大学生、姫宮鞠花の残留思念で間違いなかった。

カーテンを開けたその部屋の住民——中野由依は、春の日差しにロングヘアを煌めかせていた。

＊＊＊

その一時間後。霧嶋は、幹村のいる取調室に入った。やつれた幹村が、霧嶋を睨む。

「何度聞かれたって同じだ。俺は鞠花を殺してない」

目を血走らせる幹村の前に、霧嶋は腰を下ろした。そして手に持っていた鞄を、幹村の前に掲げる。幹村を連行した時点で押収していた、通学バッグだ。バンドのロゴが入った、ライブ会場限定のグッズである。

「幹村さん。この鞄の中に、凶器の包丁が入っていました」

「それも何度も言われた。でも、覚えがない」

苛立って唸る幹村を前に、霧嶋は尋ねた。

「この鞄、本当にあなたのものですか？」

「……え？」

幹村は、生気のない目を上げた。続いて霧嶋は、鞄の中にあった血の付いた財布と筆箱と教科書を、机に並べた。幹村が目を剝く。

「財布も筆箱も、俺のじゃない……」

「そうですよね。学生証も入ってない」

この財布と筆箱は、ダミーだ。

「これはあなたの鞄じゃないんですね。本当のあなたの鞄は、この、凶器の入った偽物とすり替えられたんです」

霧嶋が取調室に入る、数十分前。残留思念を見つけたラスカが、署にいる霧嶋に報告に来た。霧嶋は別の班が集めてきた学生寮の寮生の資料を見ていたが、窓辺にカラスがとまったのを見ると、手を止めて窓を開けた。

ラスカが霧嶋に囁く。

「残留思念を見つけた。被害者の部屋の、西隣」

「自称親友の、中野さんの部屋か」

霧嶋も、風に攫われそうなほどの小声で返事をした。

「僕らが別のことを調べてる間に、幹村の交友関係を当たってた班がいてね。その人たちの調査によると、中野さんは、幹村の元・交際相手だったよ」

中野は親友の姫宮に、恋人を奪われていた。

「幹村のバイト先の人が言うには、幹村は別れた恋人とお揃いの鞄を今でも使っていたそうだ」

元・交際相手だった中野は、幹村と同じ鞄を持っていた可能性が高い。同じ学部なら同じ教科書も持っている。他の私物はダミーを入れ、幹村に確認される前に警察に押収されてしまえばいい。仮に確認されて、幹村が「自分のものではない」と主張しても、これだけ証拠が揃っていれば、幹村の嘘の供述だとみなされて取り合われない。そしてこの状況なら、「揉めている声を聞いた」という中野の嘘の証言は、裏は取れなくても疑われにくい。

「中野さんは、幹村が姫宮さんの遺体を発見したとき、現場に駆けつけている。鞄をすり替えるなら、このタイミングだ」

「わざわざ自分の部屋で殺して、そのあと本人の部屋に動かしてんのは……」

ラスカはぽつりと、消えそうな声で呟いた。

「これも、幹村に罪をなすり付けるためか。幹村が防犯カメラに映るように、わざわざ仕掛けたんだ」

第一発見者が幹村になり、鞄をうまくすり替えられるとは限らない。中野はあらかじめ、姫宮のスマホで幹村を呼びつけた。犯行時刻前後に、監視カメラが彼の姿を映すように。

姫宮の部屋の前から幹村がいなくなったのを確認したのち、中野は姫宮の所持品から部屋の鍵を取り、彼女の遺体を姫宮の部屋に運んだ。

ラスカは頭の羽を逆立てた。

「ひでえこと思いつくもんだな。なんでこんなこと……」

「恋人を奪った姫宮さんと、自分を捨てた幹村への復讐かな」

霧嶋は虚空を仰いだ。

幹村のバイト仲間によれば、幹村と同じくらい無神経でもないかぎり、彼との交際は難しい。姫宮も大概無神経に、中野の心を傷つけていたのかもしれない。と、霧嶋は想像した。

「そうかそうか。さて、ここからどうやって、中野さんに捜査の目を向けるか……」

残留思念は、死神にしか見えない。人間で構成される警察組織においては、残留思念は証拠として扱えない。

ラスカはふわりと、窓から飛び立った。

「本人たちしか知り得ないことだし、幹村から引き出すしかねえだろ」

「そうだね。ちょっとお喋りしてくる」

そうして霧嶋は、取調室へと向かったのだった。

＊＊＊

鞄をすり替えられていたと知った幹村は、取調室で自身の行いを素直に語った。

去年まで中野と交際していたが、彼女の友人である姫宮に接近され、あっさり浮気した。中野は浮気に気づかずに姫宮と幹村を心から信頼しており、幹村が中野に別れを切り出しても、「ふたりが幸せならいいよ」と受け入れたという。そんな中野の純粋さを、幹村と姫宮は、陰で嘲笑(あざわら)っていた。

のちに任意同行で取調室にやってきた中野は、「嘲笑われていることに気がついて、耐えられなかった」と語った。そして彼女の部屋からは、遺体を運び出すのに使った、血だらけのキャリーケースが見つかったのだった。

＊＊＊

その夜、残業で遅くなった霧嶋は、自室へ帰ってくるなり絶句した。玄関とその先の廊下の床が、ピカピカに磨かれている。

ぽかんとしていると、奥のダイニングからラスカがひょこっと顔を出した。

「帰ってきたな」

もとの青年の姿に戻った彼は、手にハンディモップを携えていた。霧嶋は我に返り、靴を脱ぐ。

「なんか、すごくきれいになってる……」

「あんたが帰ってこないから、暇潰しに掃除してた」

まさかラスカが、こんなにきれいに掃除をするとは思わなかった。

玄関から上がり、リビングを見渡す。置いてある物の位置は変わっていないが、床や窓ガラスが磨かれ、小物の埃が取り除かれている。霧嶋ははあと感心した。

「それなりにきれいにしてるつもりだったけど、こうして見ると、案外くすんでたんだな」

刑事の激務に追われて、帰宅できない日が続いたり、帰ってきても遅かったり、休みの日も呼び出しを食らったりする霧嶋は、掃除が疎かになっていたのは否めなかった。ラスカとルームシェアをしていれば、こうしてラスカがハウスキーパー代わりになる。ルームシェアは〝新しい拠点が見つかるまで〟でなくてもいいかもしれない、とまで思った。

「なんて便利なカラス。鳥と話せる、死亡現場がわかる、さらにお掃除機能まで付いてる」

霧嶋は、きれいになったソファに腰を下ろした。

「カラスといえばゴミを散らかすものだと思ってたのに、意外だった。なんでこんなに掃除が上手なの？」

「もしなにかの弾みで家宅捜索が入ったら、警察に家の中を隅々まで見られる。そうなってもいいように、日頃からきれいにしておけ……と、昔、冗談半分に言われた」

「あはは！　そのとおりだ。面白いこと言う人がいたものだね。それ言ったのは家族？　友達？」

　笑いながら、霧嶋は新たな疑問を抱いた。

「死神に家族っているの？」

「そういえば、どうなんだろう」

　ラスカは眉を寄せ、床を見つめた。自分のことなのに他人事なラスカに、霧嶋は一層首を傾げる。

「どうなんだろうって。わかんないの？」

「考えたこともなかった。俺は気がついたら死神だったし、ガキの頃とか、たぶんない」

「そんなことある？」

　怪訝な顔をする霧嶋の前で、ラスカは小さく唸り、記憶を辿った。

「名前も、本名じゃない。……気がする」

　考え込むラスカを、霧嶋は呆然と見ていた。

　死神という存在は、謎に包まれている。霧嶋にわかっているのは、彼らが残留思念の回収を仕事にしていること、人外の身体能力を持つこと、人間と異なるルールの中で生きていることくらいである。彼らがどのようにして生まれ、どんな一生を歩むのか、想像すらできない。

そしてそれは、死神であるラスカ本人もそうだった。

人と同じ衣食住の生活環境で暮らし、人間が幼少期に学ぶことや、常識は、人間と同じように当たり前に染み付いている。自然とこなせる掃除は、誰かに言われて始めたはずのもの。しかしそれがいつ身についたものなのか、まるで思い出せない。

「死神って、なんで死神なんだ……？」

自分が何者なのかなどと、深く考えたことなどなかった。

霧嶋も、いつの間にか真顔になっていた。

「気になるね」

ラスカにも、生まれた瞬間のなにも知らない状態から現在までに、生活や常識を身につける期間があったはずだ。もしかしたら彼には、〝死神になる前〟があるのかもしれない。

しばし真面目に考えていたラスカだったが、やがて彼は、思い出したように霧嶋を睨んだ。

「まあどうでもいいか。それより『便利なカラス』とか、『散らかすものだと思ってた』とか。さっきからカラス呼ばわりしやがって」

牙を覗かせ、ハンディモップの先を霧嶋に向ける。

「俺はカラスじゃない。死神だ！」

「長いノリツッコミだなー」

死神は、死神自身も理解しきれていない謎だらけの存在だ。だが霧嶋は、ラスカという個体には愛着がある。ぶっきらぼうだし言葉遣いは荒いが、不器用なだけで案外素直な、人間ではない生き物。

死神というものをろくに知らない霧嶋だが、利害が一致するから、ラスカを受け入れる。お互いに都合がいいから、なんとなく手を組んでいる。ふたりは、そんな関係である。

「はいはい、ごめんね。ああ、そうだ。今回の事件の解決のお礼、なに食べたい？」

「ん……考えとく」

死神と、死神を餌付けした刑事のルームシェアは、まだ始まったばかりだ。

file. 2　死神の悪夢

「嵐の日、氾濫した川で女が死んだ」

ラスカの頭に声が響く。聞いたことがあるようなないような、懐かしいような思い出したくないような、そんな声だ。

「女の思念は、あなたの手によってあの世へと導かれた。しかしあなたは、その手を離した」

辺りは真っ暗でなにも見えない。温度も湿度も感じない。ただ、あらゆる角度から声が聞こえる。ラスカはいつの間にか、この場所に立ち尽くしていた。

全方位から見つめられているような、居心地の悪さ。自分よりも圧倒的な力を持つ存在に、気迫だけで拘束される。ラスカはその圧に、抗(あらが)えない。

「……間違いありません」

押し殺した声で、自身の罪を認める。

死神には、三つの掟がある。

ひとつ。「生命を冒瀆(ぼうとく)してはならない」。これは死神が他者の命を蹂躙(じゅうりん)しないために作られたルールである。三つの掟の中で最も重大なもので、残留思念を効率的に回収するために故意に人を殺すような死神には、重い罰が科せられる。

ふたつ。「人間社会から孤立しなくてはならない」。人間に情が移ると、業務に支障をきたすからである。残留思念の回収のためにやむを得ない場合を除き、必要以上に人間と接触してはいけない。

三つ。「残留思念は、発見者が責任を持って回収しなくてはならない」。残留思念は、残り続けて悪いものへと変貌する前に、早急に対処する。見つけた死神が対処し、そして死者たちが迷わないように完全にあの世へ送り届けるまで、摑んだ手を離してはいけない。

ラスカは女の残留思念から、手を離した。掟に背いたのである。

どん、と、体が奥から重くなる感覚がした。途端に膝から崩れ落ち、息がうまくできなくなった。もともと視界は真っ暗だったが、目を開けられなくなる。

「あなたにぴったりの罰を与えましょう」

声が、頭の中で反響する。

ラスカの意識は、そこで途絶えた。

そして気がつくと、彼は昼間の公園にいた。

視界がやけに低い。風景の色が、普段と違って見える。腕が思うように動かない。

彼は狭い歩幅で歩いて、公園の真ん中の噴水の縁に乗った。水面に映った己の姿を覗き、息を呑む。

真っ黒な頭に真っ黒なくちばし。全身を包み込む、真っ黒な羽毛。

「カラス……」

その日、死神のラスカは、日中の十二時間をカラスの姿にされるという、罰を受けた。

＊＊＊

そこで、ラスカはがばっと体を起こした。

「う、あ……！」

「わあっ！　起きた！」

飛び起きたラスカよりも大きな声を出したのは、霧嶋である。リビングから見えるキッチンで、コーヒーを淹(い)れていた。

「びっくりしたー。うなされてたね。怖い夢でも見た？」

のんびりと穏やかな声に、ラスカは少し肩の力が抜けた。額に汗をかいている。

「夢……」

自分が罪を犯し、カラスにされた日の夢だった。

死神には、彼らを統括する上位存在がいる。死神本人らの理解を超えた者であるそれを、死神たちは「上」と呼んでいた。

それはどこからか死神を監視し、死神に賞罰を与える。死神は強大な魔力でコントロールされ、事あるごとに召喚された。ラスカの〝裁判〟も、そのひとつだった。

今はあれから一年が経過して、この体にも多少は慣らされている。

霧嶋は仕事から帰ってきたばかりで、まだスーツ姿だった。彼はキッチンから、ラスカに聞く。

「なんか飲む？」

「いらない」

「そう」

短いやりとりののち、霧嶋は、コーヒーを持ってリビングに入った。ラスカが座るソファに、自分も腰を下ろす。

「死神も夢を見るんだねえ。しかも悪夢」

「うなされてたの見てたなら、起こせよ」

「だって面白……じゃなくて、寝てるのに起こしたら悪いと思って」

霧嶋がくすっと笑う。ラスカはバツが悪そうに、膝を抱いた。

「あんたは今帰ってきたのか？」

「うん。爆破予告なんかする傍迷惑な奴がいたもので、おかげさまで僕らは大忙し。もちろんすぐ捕まえたけど、その後の捜査がまだずるずる長引いてて……」

「そいつはご苦労様」

「ありがと。明日は十五日ぶりの休日だから、このまま朝まで本でも読もうかと思ってたとこ」

夜の静けさが部屋を包んでいる。ふたりが口を結ぶと、なんの音も聞こえなかった。

霧嶋が再び、沈黙を破る。

「帰りが深夜になるとさ。時々、千晴さんがこのソファで寝てたんだ。テレビを観てて、そのまま寝ちゃったみたい」

その名前を聞いて、ラスカは胸がぎゅっとした。霧嶋はコーヒーの湯気に、息を吹きかける。

「寝てる姿がかわいかったなあ。いや、もちろん起きててもかわいかったけどね。特に笑顔」

千晴さん、というのは、霧嶋の最愛の妻の名前である。彼女はもう、ここにはいない。昨年の春の嵐の日、増水した川に転落し、この世を去った。

霧嶋の住むこの部屋は、千晴とともに選んだ場所だった。インテリアは主に千晴が決めており、彼女がいなくなったあとも、彼女の趣味のままである。

千晴の抜け殻になった部屋で、霧嶋は今日も、千晴のいない日々をやり過ごしている。

「あのね、ラスカ。僕が千晴さんに惹かれた理由、『よく笑うから』なんだ。歳(とし)をとっても、どんな逆境でも、千晴さんがよく笑うのはずっと変わらないって、なぜか確信してた。一生変わらないところが好きなら、一生愛せる」

コーヒーの湯気が、霧嶋の吐息で揺れる。

「彼女が笑顔でいてくれるように、僕も頑張る。……つもり、だった」

ラスカは時折、霧嶋の惚気(のろけ)のような泣き言のような呟きを聞かされては、黙って受け止めていた。

「ああ、別に君がここで寝てたから、千晴さんを思い出したとかじゃないよ。全然似てないし」

コーヒーの匂いが、部屋を満たしていく。膝を抱えて俯くラスカに、霧嶋は唐突に尋ねた。

「そういえばラスカ、お掃除教えてくれた人、思い出した？」

「わからない。特に思い出そうともしてなかった。そんなこと聞いてどうすんだよ」

「いやあ、この前話したとき、僕は死神についてなんにも知らないなあと実感してね」

俺自身だって知らないのに、と、ラスカは口の中で呟いた。それから、先程の夢を思い浮かべる。

「カラスにされたのが去年の今頃で、それより前は、一、二年くらいはこうして残留思念を探してる」

「それは覚えてるんだ。最初に回収した残留思念は？」

「最初は……やっと見つけた獲物が別の死神と被って、揉めた」

ラスカの口から訥々と、思い出話が溢れる。

「けどそいつが面倒見のいい奴で、俺が新人だと知ったら、その残留思念を譲ってくれた。それ以来、なにかと気にかけてきてちょっかいかけてくる」

「へえー！　ラスカの先輩！」

死神の仕事をラスカに教えたのは、この世話好きな先輩死神だった。

ラスカは記憶を遡る。残留思念を初めて回収した日。彼は夢にも出てきた真っ暗な場所から、外に送り出された。思えば自分が死神としてスタートした場所も、あの暗闇の中だった。

霧嶋がコーヒーを啜る。

「で。それより前は、なにをしてたの？」

「思い出せない。これがいちばん古い記憶だ。……でも、思い出せないだけで、存在しなかったわけじゃない、はず」

たしかにこれがいちばん古い記憶だが、だからといって、この日にどこからともなく生まれたわけではない。そこに妙な確信がある。

楽しそうに聞いていた霧嶋は、少し、真顔になった。

「興味深いな。最初の残留思念はちゃんと覚えてるのに、それを境に、前日以前の記憶がない。でも、君のそのやけに人間くさい人格を形成した〝過去〟は、たしかに存在する」

カップの中の黒い円に、蛍光灯が反射する。

「もしかして君には、〝人間だった頃〟があって、死神になった時点で、その記憶を消されてる……とか」

瞬間、ラスカの頭がズキリと痛んだ。

鋭い刺激に、思わず顔が歪む。霧嶋の仮説に、胸騒ぎを覚える。自分にも、〝人間だった頃〟が……。

霧嶋は涼しい顔をして、マグカップを口の前で止め、虚空を見上げた。

「そうだとしたら、なにをきっかけに死神になったんだろう？　やっぱ死神って、謎に包まれてるなあ」

ラスカはぎゅっと、膝を抱く腕に力を込めた。これ以上は思い出せない。思い出してはいけない。その直感は、暗い場所で上位存在から詰められる感覚に似ていた。

彼ははあ、と小さく呼吸を整えた。

「どうでもいいだろ、俺のことなんか」

「ん？　そうかなあ。気になんない？」

霧嶋は無邪気に首を傾げたが、それ以上ラスカがなにも言わないのを見ると、黙ってコーヒーを飲み干した。

＊＊＊

翌日土曜日、ラスカは鳥の体で出かけていき、夕方に人の姿で帰ってきた。霧嶋は職場からの呼び出しも食らわず、平穏な休日を過ごしている。はずだった。

ラスカが玄関の扉を開けると、鼻にかかった甲高い声が、耳に飛び込んできた。

「ねー！　秀一くん！　起きて起きて！」

声を聞くなり、ラスカは顔を顰めた。顔を合わせれば喧嘩になる、あいつの気配である。

リビングを覗くと、ソファで横になる霧嶋と、彼の肩を揺さぶる金髪の後ろ頭が見えた。

「秀一くん！　事件だよ！　刑事さんでしょー！」

「うーん……秀一くんは、今日は刑事さんお休みです……」

霧嶋の呻き声がする。ラスカはため息とともに、リビングに入った。

「おい。そいつは今日、十五日ぶりの休日なんだ」

ラスカの声で、金髪が振り向く。彼を見上げるくりっとした瞳に、ラスカは呆れ声で言った。

「やめてやれ、紬」

金髪の女――紬は、霧嶋の腹に乗ったまま、ラスカにじとっとした目を向けた。

「ラスカじゃん。なにしに来たの？」

「最近、ここで寝泊まりしてんだよ」

「一緒に住んでるの!?　羨ましい、楽しそう」

この騒がしい娘、椎野紬は、霧嶋の従兄妹である。十九歳、美容系専門学校の学生で、時折こうして、霧嶋のもとへと遊びに来る。現在は春休み中で、いつにも増して訪問頻度が増えていた。目が痛くなるようなビビッドカラーのピンクの服を着ている紬は、落ち着いた色合いのインテリアの中で妙に浮く。

紬は、寝ながら眉を寄せる霧嶋に向き直り、甘いため息をついた。

「あたしもここに住みたい。四六時中イケメン眺めていたい！」

「いいから離してやれよ」

ラスカに促され、紬はようやく、霧嶋の肩から手を離した。ソファの縁に座り直し、残念そうに俯く。

「秀一くん、また休めてなかったんだ。叩き起こしちゃってごめんね」

「そうまでして話したいことでもあったのか」

ラスカもソファの横に腰を下ろす。床に座った彼を、紬はやや高い位置から見下ろした。

「うん。学校で、連続失踪事件が起きてるんだ」

「連続失踪事件？」

ラスカがちらりと、紬に目をやる。霧嶋も薄く目を開けた。紬はふたりを見比べ、続けた。

「同じ学校の友達が、ここ一ヶ月で四人もいなくなってるの。メッセージ送っても返事が来ないし、学校にもなんの連絡もなしに休んでる。おかしいでしょ？」

たしかに、異様な状況である。霧嶋は寝そべった体勢で呟いた。

「おかしいけれど、事件化されてないと僕ら警察は動かないんだよなあ」

行方(ゆくえ)不明者は、警察に届け出があるものだけでも年間約八万件と言われる。その全てを、警察が捜索するわけではない。紬はうっと怯んだ。

「秀一くん見てるから、それは知ってるけど……」

「捜索願は出てるの？」

「誰も出してないと思う。家族と暮らしてるならともかく、いなくなった子はみんな、家を出てひとり暮らししてる子たちだし」

「それじゃあなおさら、動きようがないよ」

霧嶋は間延びした声で言い、再びすうっと目を閉じた。紬はうなだれ、不服そうにむくれる。

「寝ちゃった……。たしかに、ひとりふたりなら、学校サボりはじめていつの間にか辞めてるなんてこともあるけどさ。一ヶ月で四人失踪はさすがに変だよ」

とはいえ、今の状況では警察が動かないのはわかるし、このとおり、霧嶋は休みの日を寝て過ごすほど多忙である。日々複数の案件を同時に抱えて駆け回っており、事件性の薄い案件には手が回らない。

理解しつつも納得はしない紬に、ラスカは面倒ながらも声をかけた。

「で。その失踪のきっかけみたいなもんはあったのか？」

霧嶋の代わりに、聞いてやることにしたのだ。紬はラスカを一瞥し、不満げにぼやいた。

「聞いてくれても、ラスカは秀一くんみたいに警察官じゃないじゃん。ラスカは……」

途中まで言って、紬はラスカを二度見した。

「そういえばラスカって、なんの仕事してるの？」

「あー、フリーター」

死神と答えても理解に時間がかかるだろうし、自身の複雑な境遇をいちから説明するのは骨が折れる。それより今は、紬の話を聞く時間だ。ラスカはその場しのぎの回答でやり過ごす。紬は相変わらず不満げな顔で言った。

「刑事さんじゃないなら、なにもしてくれないじゃん……。もー、あたしの従兄が刑事さんなの、友達も知ってるから、ここで見せつけたかったのに」

動いてくれない霧嶋にため息をつき、紬は改めて、ラスカに向き直った。

「とりあえずラスカでもいいや。代わりに聞いて。で、秀一くんが起きたら伝えといて」

彼女はソファの縁で、脚を組み直した。

「ひとり目がいなくなったのは、一ヶ月前。まだ春休みが始まってない頃だった。同じ選択授業取ってる美紀ちゃんが、金曜日までは普通に来てたのに、月曜日には連絡がつかなくなったの」

それを機に、別の友人もひとり、ふたりと、同じように音信不通になっていったという。

「美紀ちゃんは、一昨年卒業したふたつ上の先輩と出かける約束をしてた。あたしが最後に会った日の二日後、日曜日に行く予定だったみたい」

「先輩と出かける予定があったのに、それをすっぽかして消えたのか？」

「わかんない……日曜日には会ってて、月曜日からいなくなったのかもしれないし。あたしはその先輩知らない人で、話したことない。美紀ちゃんについてなにか知ってるか聞こうとはしてるんだけど、卒業してるからどこでなにしてるのかわかんないし、なかなか捕まんないの」

難しい顔をする紬に、ラスカはふむと唸った。

「その次にいなくなった奴は？」

「あとの子たちは、気がついたらいなくなってた、って感じ。もともと毎日顔を合わせてたわけじゃないから、いつからいないのか気にしてなかった」

紬が小さくため息をつく。

「他の友達に聞いてみても、みんな『学校サボってるんじゃない？』くらいで、真剣に捜してないんだよ。それどころか『辞めた』って噂がまことしやかに流れて、辞めたことになってる」

「実際、辞めただけなんじゃ……」

ラスカは紬の横顔を一瞥した。最初のひとりが学校を辞め、それを知って、自分も辞めようかと考えていた学生たちが芋づる式に辞めた。……というだけに思える。しかし紬は認めなかった。

「そんなわけないよ。美紀ちゃんは再来月のメイクのコンテストに出るつもりで、音信不通になる前日まで、コンテストの下準備を頑張ってたんだよ」

高い声が早口に訴える。

「あたしもそのコンテスト出るつもりなんだけど……それは今は関係ないや。ともかく、美紀ちゃんがいきなり全部投げ出して辞めるなんて、考えられない」

急に気が変わっただけ、という可能性も否めないが、紬の「美紀が辞めるわけない」という確信は揺らがなかった。

「四人とも誰にもなにも言わずにいなくなってて、消え方が似てる。タイミングも被ってるし、偶然じゃないと思う。きっとみんな、同じ理由で行方を晦ませてる」

「『辞めた』以外にか」

「四人中ふたりは戻ってきたし」

「戻ってきてんのかよ」

拍子抜けして、ラスカは紬の言葉を繰り返した。紬はあっさり頷く。

「うん。ひとり目の美紀ちゃんは消えたままだけど、ふたり目と三人目は戻ってきた。そのあと、四人目が消えたんだよ」

「戻ってきたならいいじゃねえか。同じ理由でいなくなったなら、残りのふたりもそのうち帰ってくんだろ」

脱力するラスカに、紬は懸命に捲し立てた。

「だとしても、美紀ちゃんが一ヶ月もいないのは変わりないもん！」

「じゃあ違う理由で消えたんだろ」

「他の友達もそう言ってる！　帰ってこないふたりは学校辞めてて、帰ってきた子たちは遊びに行ってただけじゃないかって。美紀ちゃんは辞めたほうだって。でもコンテスト控えてるのに、辞めるわけないいんだもん」

紬が全く主張を曲げないので、ラスカはひとまず、紬の考えに合わせた。

「それなら、戻ってきたふたりにどこに行ってたのか聞いてみればいいんじゃないか？」

「もちろん聞いた。そしたら、『紬には教えられない』って言われて話してもらえなかった」

紬はむすっとむくれた。

「でも別に仲間外れにされてるわけじゃないよ。この件にさえ触れなければ、普段どおりなの」

ぱたと、紬の踵がソファを蹴る。

「そこで、あたしに代わって別の子が聞いてくれたの。あたしと同じく、いなくなった人たちのこと気にしてた、紗耶って子」

「そいつは、どこに行ってたのか教えてもらえたのか」

「うん。なんであたしにだけ教えてくれなかったのかわかんないけど……紗耶は戻ってきたふたりと話をして」

紬はそこで、一旦、言葉を呑んだ。

「〃四人目〃になった」

一瞬、沈黙が流れた。ラスカは無言で紬を見、紬も視線を返した。

音信不通になってから戻ってきたふたりに声をかけた友人、紗耶は姿を消した。まるでそのふたりに、連れて行かれたかのように。

「なんか怖いよ。行方不明の連鎖が起こって、だんだん広がってくんじゃないかって」

不安げに俯く紬を、ラスカは黙って見ていた。友人が理由も言わずにいなくなり、帰ってきたとしても、自分には事情を話してくれない。話を聞いた別の友人は、道連れにされたかのように消えた。

警察に言わせれば「事件性がない」が、紬にしてみれば、身近で起きた不気味な事件なのである。

ラスカはしばし下を向き、やがて口を開いた。

「あんま関わんねえようにしとけ。戻ってきた奴らも、その件に触れなければ普段どおりなんだろ？　今いない奴らも、ほっとけば戻ってくるだろうし」

ラスカはちらっと、寝そべる霧嶋に目をやった。

「たぶん、こいつもそう言う。心配なのはわかるが、巻き込まれないように自衛すんのがあんたの務めだ」

「けど、これ気にしないの、無理でしょ」

了解したのかしないのか、紬はぽつりとそう呟いた。

＊＊＊

翌日。春休み中の専門学校には、一部生徒がぱらぱらといるだけで、閑散としていた。

紬は学校の中庭にあるポール時計に寄りかかり、人を待っていた。

「秀一くんはお役所仕事だし、ラスカはできることないし。頼りないいんだから」

時計の針は、十三時を少し過ぎた頃を示している。

文句を垂れる紬の視界に、ふわりと、空色のワンピースの裾が入った。

「こんにちは。あなたが椎野紬ちゃん？」

涼やかな声に、紬は顔を上げた。

陶器のような肌に、透き通ったヘーゼルの瞳。春風を纏う艶やかな髪からは、ほんのりと甘い香りがする。紬は咄嗟に、ポール時計から背中を離し、姿勢を正した。

「久川先輩……ですか？」

久川歌澄――この専門学校の卒業生で、現在はメイクアップアーティストとして活動している。

久川は、紬ににこりと笑いかけた。

「初めまして。美紀ちゃんのお友達だそうね」

この久川こそ、いなくなったひとり目である美紀が、消える直前に会う約束をしていた人物である。

ラスカに相談したあと、自宅に帰った紬は、学校の友人たちに片っ端から連絡を取った。そして翌日の午前、友人の友人の知人の先輩を経由して、ようやく久川の連絡先を入手したのである。

消えて戻ってきた友人たちは口を割らないし、他の生徒は深追いしようとしない。こうなれば、ヒントになり得るのは、美紀が会おうとしていたこの人だけだった。

紬が「美紀についてなにか知っているか」と尋ねると、久川は、「今から学校で直接会いましょう」と約束を取り付けてきた。そうして呼び出されるままに学校へやってきて、現在に至る。

初対面の久川は、全てのパーツに紬の願望が詰まったような美人だった。

美しい人間がなにより好きな紬は、はあとため息をつく。シャンプーはなにを使っているのか、どんなケアをしているのか、日頃気をつけていることは、使っているコスメブランドは……と、いろいろと聞いてみたくなる。

見惚(みと)れる紬に、久川は優しげな声で言った。

「美紀ちゃんについて、聞きたいんだったわよね」

「あっ、そうだった」

目的を思い出し、紬は改めて切り出した。

「さっそくですが、教えてください。先輩と会うって言ってた翌日、週明けから、美紀ちゃんと連絡が取れなくなったんです。先輩は、日曜日に美紀ちゃんと会えたんですか？」

これによって、美紀がいなくなったのが日曜日より前なのか、先輩とは会って、月曜日からいないのかがわかる。久川はあっさりと頷いた。

「ええ。会ったわ。美紀ちゃんは、メイクコンテストに出る予定があったでしょ。そのモデルになってほしいと、私に頼みに来たのよ」

「なるほど。たしかに久川先輩をモデルにしたい気持ちはわかる」

「それに私も、一昨年同じコンテストに出て、賞を貰っていてね。美紀ちゃんはコンテスト用のメイクについて悩んでいて、私がその相談に乗ることにしたの」

日曜日、久川は美紀と顔を合わせている。少なくとも日曜日の時点では、美紀はまだ消えていなかった。紬はさらに、質問を重ねる。

「先輩と会ったとき、美紀ちゃん、様子おかしくなかったですか？　コンテストに思い悩むあまりに、頭がパンクしてどうでもよくなっちゃった、とか……」

「まさか！　むしろ、私と会ったら話が弾んで、一層前向きになったわ」

美紀はコンテストに燃えていた。なおさら、月曜日から急に学校を辞めたとは考えにくい。

謎が解けるヒントになるどころか、謎が深まった。考え込む紬に、久川はふふふっと微笑んだ。

「紬ちゃんも、コンテストに出るの？」

「うーん、あたしも出ようかなとは思ってる。でもコンテストのレベルが高すぎて、自信ない……」

今はコンテストのことはどうでもいい。それよりも、美紀たちが心配だ。だというのに、久川はマイペースににこにこしている。

「あら！　大丈夫よ。あなたはあなたの追求する〝かわいい〟を表現すればいいだけだもの」

「でも、表現したいものを表現できるだけの技術がまだないし……っていうか、今はコンテストどころじゃ……」

久川のペースに呑まれながらも、紬は友人たちの身を案じる。久川はなお、穏やかに目を細めていて、不安げな様子を見せない。

「技術。そうね、大切ね。実は美紀ちゃんも、同じことで悩んでいたの」

久川の空色のワンピースが、ふわりと風を孕む。

「そこで私は、技術を磨ける研修施設を紹介したの」

「研修施設？」

紬はがばっと、顔を上げた。

「もしかして美紀ちゃんは、その施設に行ったのかな？　そこに籠って勉強してるから、学校に来られないとか！」

厳しく特訓させられる施設であれば、携帯電話を取り上げられたりして、連絡が取れなくなるかもしれない。

「帰ってきた子たちはリタイア組か！　あたしに教えてくれなかったのは、あたしもコンテストに出ようとしてたから、ライバルを減らすためだったのかも」

だんだんと辻褄が合ってきた。ひとりで納得しかけた紬だったが、途中で首を傾げた。

「あれ？　でも、紗耶はメイクのコースじゃないからコンテストには出ないはず……」

「メイク以外も勉強できる施設なのよ」

久川がくすくすと笑う。

「美紀ちゃん以外にも、私が紹介して勉強しに行った子がいるわ。紬ちゃんもコンテストに出たいなら、負けてられないわよ」

「あっ……！」

「学校の前に、私の車を停めてあるの。今から一緒に行きましょう」

久川の細い指が、紬の手を取った。紬は息を詰める。

あまりに話が急すぎる。学校に連絡もなしに、詳細のわからない研修施設へ勉強に行っていいものなのか。費用などの詳しい話もまだ聞けていない。

しかし、友人たちが消えたのは、この先輩に導かれたからだったのが判明した。四人目となった紗耶は、先に行って帰ってきた友人から紹介され、同じく施設へ行ったと考えられる。

それならば、先輩についていけば、美紀にも紗耶にも会える。

「行きます！」

思い切って、返事をした。

美紀と紗耶の無事を確認するだけでも意味がある。ついでに見学してみて、自分に合わないと思ったらやめればいい。もしそのまま自分も参加するとしても、今なら春休み中だから、学校を無断欠席するわけでもない。紬は先輩の手に誘われ、足を踏み出した。

その姿を、真上から見ていた者がいた。紬が背を預けていたポール時計の上にとまる、一羽のカラスである。

「ったく……関わんねえようにしとけっつったのに」

カラス、もといラスカは、足の鉤爪（かぎづめ）でカカカと首を掻き、億劫（おっくう）げに飛び立った。

友人たちを気にかけている紬が、自分で行動してしまうことは、ラスカにも容易に想像できる。念のため様子を見ていて正解だった。自ら首を突っ込んでいく紬を、ラスカは呆れ顔で上空から追跡する。

紬と久川を乗せた白い軽自動車は、タイヤからミシリと音を立て、走りだした。

＊＊＊

一方その頃、霧嶋は、署の事務所でデスクワークに追われていた。同じ部署の同僚たちは、各々の仕事で外出し、瀬川も、知らないうちに隣のデスクから消えている。

地道に仕事を片付けて、処理の済んだ手元の書類を一枚、デスクの端に置く。その書類を、横から伸びた手がサッと奪った。

「なにこれ、宗教法人の資料？　神様のくせに、人間風情に摘発されるようなことしてるのかしら」

「うわっ」

霧嶋は椅子から飛び上がった。自分以外誰もいないと思っていたのに、いつの間にか、背後に人がいる。

振り返った彼の目に映ったのは、すらりと背の高い、ショートカットの女だった。霧嶋と同年代か、それより少し上くらいだろうか。スタイルの良さを浮き彫りにする細身のブラウスとパンツを身に纏い、霧嶋から取り上げた書類を片手に、ニヤリと笑う。

「宗教ねえ。あんた、神様は信じる？」

霧嶋は絶句した。この女性とは、初対面だ。恐らく職場の関係者ではない。女は霧嶋の隣、瀬川が使っていたデスクに寄りかかった。

「私はね、神様はいると思う。私たちはどこからか監視されて、コントロールされ、悪さをすれば鳥にされる」

困惑のあまり、霧嶋は妙に落ち着いた声で尋ねた。

「一般の方がどうしてここに？」

「ご存じない？　死神には、人知を超えた能力があるの。残留思念を視認できるだけでなく、建物を飛び越えるほどの高い身体能力や、自身の体を透過して、風景に溶けたり壁をすり抜けたりできる。厳重に警備されてる場所であろうと、私たちなら突破できる」

〝死神〟──その単語を聞いて、霧嶋は肩を強張らせた。彼の反応を見て、女は一層、試すように口角を吊り上げる。

「あんた、ラスカのお友達でしょ？　私のこと聞いてない？」

ラスカ以外の死神は、初めて見た。少しずつ理解してきた霧嶋の険しい顔を見下ろし、女は愉快そうににんまりした。

「フロウ、と名付けられてる。よろしくね」

フロウと名乗るその死神を、霧嶋は上目遣いで睨んでいた。

「資料、返してください」

「別にいらないから返すけど。それよりあなたこそ、ラスカを返してくれない？」

「はあ、受け取った覚えもありませんけど」

摑みどころのないフロウの態度に、霧嶋は自然と、警戒態勢を維持する。フロウは書類を指の間に挟んだまま、大仰なため息をついた。

「ラスカったら最近私に構ってくれないの。これまではなにかと私を頼りにしてくれてたのに、この頃は全然。つまんないったらありゃしない」

フロウが肩を竦める。

「なんでこうなったのかと、ちょっと覗き見してみた。そしたら、人間のあんたが餌付けしてるじゃない？　あれは私のかわいい後輩なの。こっちはあいつの初めての残留思念狩りから目をかけてるんだから。横取りしないでくれる？」

「ふうん……そいつは失礼しました」

話を聞いているうちに、霧嶋は妙な対抗心を燃やした。

「でもこっちにも事情がある。僕にはラスカつやつや計画があるんだ。ラスカにおいしくて栄養たっぷりなものを食べさせて、カラスの姿の羽毛をピカピカにしてる最中なんだ」

これは霧嶋の静かな野望である。出会った頃はぼろぼろだったラスカを育て、羽艶を美しくしたのは、霧嶋なのである。フロウがむっと怯む。

「たしかにこの頃、毛艶がいい……それはさておき、あんたにはラスカから離れてもらわないといけない」

　声色に、真面目な色が差す。

「ラスカ、この前また懲罰食らったそうじゃない。拠点を差し押さえられたって聞いた」

「らしいね」

「その理由が、掟その二を破ったから。死神は人間と関わっちゃいけないの」

　フロウの言葉に、霧嶋はどきりとさせられた。これはフロウが正しい。ラスカは守るべき掟を破って、罰を与えられてもなお、態度を改善していないのである。そして霧嶋も、それを窘めることなく受け入れてしまっていた。

「たしかに、ルールは守らないといけないよね」

　心のどこかでは、理解していた。残留思念が見えるラスカは役に立つが、それは霧嶋の都合だ。ラスカを繋ぎ止め続けるのは、ラスカにとって良くないのだろう。これを機に、ラスカとの距離を考え直そうと、霧嶋は胸の中で呟いた。

　フロウが再び、冗談半分の口調になる。

「そうそう。大体、罰としてボロアパートを差し押さえられたのに、あんたのところを拠点にしたら、却ってラスカの生活水準が上がっちゃうじゃない。罰にならないから学習しないのよ。甘やかしすぎ」

「そんなことまで知ってるのか。どこまで見てるの？」

「安心して、ラスカが出入りしてるのを確認してるだけ。いくら体を透過できると言っても、他人のプライバシーを侵害すれば今度は私が上から怒られるからね」

ひらりと、フロウは手に持った書類を霧嶋の前に差し出した。

「ともかく、あのアホカラスがこれ以上道を踏み外さないようによろしくね。あの手の罪を重ねると、最悪死刑になるんだから」

「そうなんだ」

「まあ、そこまでやらかす奴は一度も見たことないけどね。四十年死神やってて、ラスカほど危なっかしい奴は他に知らないよ」

世話焼きなフロウが呆れ顔で言う。書類に手を伸ばし、霧嶋は思わず聞き返した。

「四十年⁉」

一瞬聞き流しそうになったが、意外と長いフロウの死神歴に耳を疑う。フロウの見た目は二十代後半から三十代くらいに見えるが、霧嶋が思うよりもかなり年上だった。

「びっくりした、もう少し歳近いかと思ってたよ。子供の頃から死神やってるの？」

「まさか。私は昔から……ん？　そういえば私、見た目が変わってないな」

「四十年前からずっと？」

霧嶋が素っ頓狂な声を出す。フロウ自身も今初めて意識して、首を傾げた。

「言われてみればそうだ。人間と関わらないし、自分の見た目なんてさほど気にしてなかったけど。見た目が変化したのは、罰で鳥の姿にされたくらいね」

「君も鳥にされてるんだ」

「死神なんて、鳥になったり体が透けたりするくらいだし、歳を取らないくらいじゃや、今更驚かないな」

フロウはあっさり受け入れてしまったが、これは霧嶋には驚愕の新発見だった。死神は時間が経過しても、見た目の年齢が変わらない。本人の中ではたしかに時間が流れていても、体は一定の若さを保っているのだ。

霧嶋はふと、以前ラスカと話題になった件を思い出した。

「ねえ、フロウ。君は死神になる前はなにをしてた？」

ラスカの場合は、二年程度前までの記憶はあっても、それは死神の自覚がある記憶のみで、それより前のことは思い出せないという。フロウは書類を持ったまま腕を組み、天井を仰いだ。

「なにしてたかな。少なくとも四十年死神やってる、ということしかわからない」

「思い出せないの、ラスカだけじゃないんだ」

死神として生きていくと決まった日から、それより前の記憶は消える……そんな仮説が、真実味を増す。

「死神としてスタートした日は覚えてる？　なにがきっかけでそうなったかとか、些細なことでもなにか……」

と、霧嶋が問いかけようとしたときだった。フロウの姿が突然、ふっと見えなくなった。

「フロウ？」

周囲を見渡しても、先程まで目の前にいた女の姿はない。困惑する霧嶋の耳に、聞き慣れた声が届いてきた。

「どうした。ひとり言か？」

事務所に入ってきたのは、瀬川である。フロウは人が来たのを察知して、姿を消したのだ。彼女が指に挟んでいた宗教法人の資料が、床にひらひらと落ちていった。

＊＊＊

久川の車は、市街地を一時間ほど走り、紬の知らない街を通り過ぎ、今は急勾配の山道を登っていた。紬は不安げに、車窓の外を見ていた。

「美紀ちゃんたちが行った施設、結構遠いんですね」

山道を走る車は、ガタガタと小刻みに揺れている。紬はスマホに表示された時計に目をやった。時刻は十六時。学校から出発したのが十三時頃だったから、かれこれ三時間近く、こうして車で走っている。紬は退屈でならなかった。

「同じような風景ばっかり。一体いくつ山を越えてるの？　いつ着くの？」

「ふふふ。もう少しだから、我慢してね」

その一方で、上空から車を追うラスカは、その不可解な動きに気づいていた。

長く車を走らせているが、同じ山から出ていない。コースを変えて、山の中をぐるぐる動き回っているだけなのである。

「道に迷ってんのか？」

飛び続けなければならないラスカも、体力が削られていく。たまに林の木の枝にとまって休憩して、車を追いかけて追い抜いて、また休憩する。

山のカラスがギャアギャアと騒いでいる。

「うっせーな」

とはいえこれは、よそ者のラスカを威嚇しているのではない。警戒声ではなく、仲間を招集する鳴き方である。餌になる動物の死骸でも見つけて、仲間を呼んでいるのだろう。

車の中では、飽き飽きしている紬に、久川が話題を振っていた。

「紬ちゃんは、コンテストではどんな方向性で挑戦するつもりなの？」

「うーん、かわいくてかっこよくて、そんで流行(はや)りを取り入れて……って考えてたけど、美紀ちゃんが言うには、審査員の好みも把握しておかないと賞は獲(と)れないんですよね」

紬は代わり映えしない外の林を睨む。窓ガラスには、つまらなそうな顔をした自分が映り込んでいる。

「でも、あたし思うんだ。メイクは審査員のためにするものじゃなくて、本人が輝くためにするものだって。モデルにいちばん似合ってて、モデルが『この顔の自分が好き！』と思えるメイクをしたいの」

コンテストの趣旨とはずれてしまうなら、自分のこだわりは、一旦は引っ込めなくてはならないのかもしれない。悩む紬に、久川は晴れやかな歓声を上げた。

「素敵だわ！　紬ちゃんの考えは、きっと審査員の胸に響く。想(おも)いが伝われば、優勝できるわ」

「えっ？　そう？」

紬は車窓の外を見ていた顔を、運転席の久川に向けた。

「あたし、かわいいものやきれいなものが好きで、自分を磨いて輝く人が好き。その手伝いをしたくて、美容の勉強を始めたんです」

「素晴らしいわ。あなたなら絶対にコンテストをものにできる。これで審査員の目に留まらなかったら、それは審査員が悪いのよ」

温かな励ましを受け、紬は高揚した。自分の考えを全肯定されて、やる気が漲ってくる。

「あたし、コンテスト頑張ってみる！」

「そうね。ただし、気持ちだけじゃだめよ。その熱心な想いを作品で表現できなければ、審査員には届かない。そのための技術を磨く場所が、これから行く研修施設」

久川は優しくも厳しく、紬に告げた。

「きつくても逃げちゃだめよ？」

「はーい」

車は小石を撥ねながら、整備の悪い道を走っていく。並行するラスカには、車内の会話は聞こえない。彼に届いてくるのは、山のカラスの声ばかりである。

声が近くなったところでカラスの姿を捜してみると、山中の池に黒い鳥の群れが目に入った。餌を見つけてたかっているのだ。

久川の車が分かれ道にぶつかり、これまでとまた違ったルートへ入っていく。ラスカは久川の車を見失わないよう、カラスを放っておいて飛び続けた。新しい道は木々が一層茂っており、薄暗い。車を追いかけていたラスカは、行く先に見えたものを前に、ぎょっとした。

若い女が、林の木にしがみついている。年齢は二十代そこそこで、コットンの白いシャツと白いパンツに身を包んでいる。それが狭い車道ギリギリの位置で、全く動かず、木に体を押し付けているのだ。

久川の車は、減速すらせずその女の真横を通り過ぎた。ラスカは高度を下げ、白い女がしがみつく木にとまり、枝から女を覗き込んだ。棒立ちの女の体は、抱きしめる木の前で透けている。

「残留思念だ」

この人物はどうも、ここで死んだらしい。遺体は残っていないが、体から離れた残留思念だけは、まだここにある。

朽ちかけた木に張り付くその顔は、なにか恐ろしいものでも見たような表情を浮かべていた。悲しみよりも、恐怖や絶望が見て取れる。山の中で迷い、肉食の野生動物にでも出くわしたのだろうか、と、ラスカはこの女に同情した。

ギャアギャアと、カラスの声がする。ラスカはこの残留思念を回収しようとしたが、それよりも今は、紬を追わなくてはならない。残留思念の位置だけ把握し、彼は再び、車を追った。

凹凸の多い道が続く。森林はより深まって、鬱蒼(うっそう)としている。涼しいというより肌寒くなってきて、紬は身震いした。

「研修施設って、こんな山の中にあるんですか？」

「泊まりがけの研修施設だもの、交通の便が良くない場所にあっても仕方ないわ」

不気味な暗さの中、運転席の久川の美貌がやけに浮いて、紬の目にはそれさえ恐ろしく見えてきた。

道が暗くなるに連れて、ラスカは胸騒ぎを覚えていた。道路の脇に、小さく座り込む若い男……の、残留思念がある。

「さっきの女だけじゃなくて、あそこにもか」

怯(おび)えた顔でうずくまるのは、二十代くらいの青年で、白いシャツと白いパンツの出(い)で立ちである。

これも回収は後回しにする。数メートルも飛ぶと、またもや残留思念が出てきた。

「またかよ」

やはり先程の残留思念と同年代と思われる若い女で、叫び声を上げていたらしい大口を開け、歪んだ顔で地べたを這っている。そのすぐそばにも、別の残留思念がいる。いずれも同じ、コットンの白シャツ白パンツである。

ラスカの小さな心臓がざわめく。

「さすがにこれは、異常だ」

これだけの数の残留思念が集中的に残っていて、それも全員が同じ服装なのだ。単に道に迷って獣に襲われた人たち、とは考えにくい。

紬を乗せた車が先へ進んでいく。遠くで十七時の鐘が響いている。紬はその残響を、車内から聞いていた。やがて森の中に唐突に、巨大な白い門が現れた。その門が開き、車は内側へと吸い込まれていく。

「着いたわ」

久川が微笑む隣で、紬はフロントガラスの向こうに目を瞠っていた。

門の奥には、ホテルのような大きな白い建物が建っていた。七階建ての高さに加え、横にも幅広く延びている。木々に囲まれた物々しい佇まいに、紬は妙な圧迫感を覚えた。

追いついたラスカが、門にとまる。彼がとまったその門には、施設の名前が刻み込まれていた。

＊＊＊

「『夢の女神の会』」

床に落ちた書類を拾い、瀬川がその一部を声に出して読む。

「こないだ引っ張ってきた、警察学校爆破予告犯が入ってたカルト宗教か」

「そうです」

霧嶋は瀬川から、書類を受け取った。

「このカルトに嵌まって思想の暴走が加速して、爆破予告にまで発展したみたいですね」

この頃霧嶋らは、件の爆破予告の犯人を調べていた。犯人の背景を掘り下げていくと、入信していたカルト宗教団体が浮かび上がってきたのである。

爆破予告犯は、運転免許取りたての頃すぐに事故を起こして、ショックで弱っていたところを、カルト宗教に付け入られた。「夢の女神の会」なるそれの会員になってからは、事故時に現場検証に入った警察を逆恨みするようになり、ついに警察学校への爆破予告に踏み込んだという流れだ。

瀬川が呆れてため息をついた。

「こういうカルト宗教って、どう見ても胡散臭えのに、なんでこんなもんに入れ込むだろうな」

「勧誘側が、神様にでも縋りたい状況の人を選ぶんですかね。この人の場合は、事故で弱ってるところをカルトの会員に優しくされて、絆されてしまったようですし」

今回は爆破予告犯の関係資料を通してこの団体に目がいったが、本来、カルト団体を見張るのは、公安の仕事である。霧嶋と瀬川には深く踏み込めない世界だ。

霧嶋は書類に添付されている、団体の活動施設の写真を一瞥した。

「会員数を増やす目的は、集金と、団体と手を組んでる政党の支持率稼ぎといったところでしょうか。団体に妄信的になってくれる、言ってみれば、洗脳しやすい人ほど勧誘されるんでしょうね」

霧嶋は自身のスマホで、「夢の女神の会」のホームページを検索した。白を基調とした、荘厳な雰囲気のトップページが現れる。『ひとりひとりの夢を叶える、自己実現トレーニング』と、いかにも志の高そうな文字列が霧嶋を出迎えた。スクロールして、会の概要を斜め読みする。

「望みの実現のために自己研鑽しましょう、というのが、このカルトの基本的な考え方のようです。『女神様が見ている』という前提で、規則正しい生活と善良な行いを心掛けろと」

「はあ、それ自体はそこまでおかしくないが、これがどうまかり間違うと警察学校爆破に繋がるんだ」

「全く意味不明ですね」

瀬川の疑問に、霧嶋も首を傾げた。

「会員にはランク分けがあって、下からピュア、エクセレント、エターナルというそうです。面倒なので平会員、優良会員、役員と呼びますね」

会のネーミングは容赦なく切り捨て、霧嶋はそれぞれの立ち位置を流し見た。

「平会員は、会の教えを受けた会員。全国に支部が散らばっているので、あちこちに会員がいます。これが他人をたくさん勧誘したり、たくさん納金したりすると、優良会員にランクアップする。役員は、集まったお金を貰う立場の人たちですね」

「各地に支部か……この近隣地域にもあんのか？」

「支部はありません」

ホームページに、全国七箇所の活動拠点が表示されている。

「支部じゃなくて、本部があります」

「そっちのほうがヤバそうじゃねえかよ」

「しかもこの署の管轄内。ギリギリ管轄内ってくらい、端っこですけどね。山を丸ごと所有して、そこに施設を建てています」

霧嶋は、ホームページに掲載された建物を訝しげに眺めた。

「ホテルみたいな建物ですよ。缶詰になって修行とか、するのかな」

＊＊＊

入り口すぐのラウンジで待たされて、紬はそわそわと、周囲を見渡した。ホテルのロビーのような空間は、古いが重厚感があってきれいだ。

その真ん中には、二メートルはあるであろう、白い女神像が建てられている。紬はその、美しくも恐ろしい、心臓を摑まれる存在感に、圧倒されていた。

「これがメイクの研修施設……？　なんか、もっと学校みたいなのを想像してた」

女神像の顔に、窓から差し込む西日が当たる。頬のラインが赤く光って、まるで血の涙を流しているように見える。

手荷物は、建物に入る時点で久川に持っていかれた。「預かっておく」とのひと言で財布もスマホも取り上げられてしまい、さすがの紬も、不穏な空気を察知しはじめていた。

女神像を見上げる紬の背中に、声がかかった。

「お待たせ、紬ちゃん」

振り向くと、コットン生地の白いシャツと白いパンツに着替えた、久川がいた。先程の涼やかなワンピース姿とは打って変わって、個性を殺した格好だ。

そしてその横には、同じ白いシャツと白いパンツの壮年の男が立っている。久川は男を手のひらで指し示した。

「この方はエクセレントリーダーの田中（たなか）さんよ」

「エクセレント？」

紬が困惑する。久川は淡々と続けた。

「エクセレント会員の中でも特に優秀な、エクセレントの中のリーダーなの。紬ちゃんに、この施設について説明するために、来てもらったわ。さあ紬ちゃん。まずはこれに着替えて」

置いてけぼりになっている紬に、久川は、真新しい白いシャツと白いパンツを差し出した。紬は即座に顔を顰めた。

「なにこれ。かわいくない」

「願望の成就のためには、まずはやらなきゃいけないことに集中すべきなの。だからあらゆる雑念を捨てて、余計な考えをしなくていいように、服装はこれと決まっているの」

久川が貼り付けたような笑顔で、白いだけの服を掲げている。紬はじり、と、後退り(あとずさ)した。

「あたしはまだ、ここで勉強すると決めたわけじゃないから。先に見学させて。美紀ちゃんや紗耶に会わせて」

「他の会員とも、夜の集会で会えるわ。そのときにひとりだけ色のある服を着ていると、みんなの集中力を乱してしまうでしょ。規律を守ってくれないと、案内できないわ」

窓から様子を見ていたラスカは、じわじわと焦りを募らせた。門の内側にも、やはり同じ服装の残留思念が見られる。どれも恐怖や絶望、諦観の顔ばかりで、彼らの気持ちを想像してしまうラスカは、息苦しくなった。

窓の向こうの紬は、不安げな顔で服を受け取っている。外からでは会話は聞こえないが、紬がふたりもの会員に囲まれ、押し切られてお揃いの衣装を手にしたのが見えるだけで、まずい状況なのは明らかである。

ラスカは翼を広げ、建物の周りを飛び回った。

窓のある廊下を歩く人々は、やはり同じ服装で、髪型もシンプルなもので揃えている。だだっ広い建物の三階から上は、ほとんどが居室のようだ。

建物の外を一周して、エントランス付近の木で翼を休める。門の内側に新たに車が停まり、若い男がふたり、降りてきた。

「君の小説ならベストセラー間違いなしだ。あとひと押しのためにも、ここで学ぼう」

片方が片方を褒めそやしながら、建物へと案内している。ラスカは彼らの頭を、上から見ていた。

どうやらここは、研修施設という名目で、人が集められているらしい。美容関係の勉強をする紬もいれば、先程の男のような小説家を目指す者もいるあたり、ジャンルは問わないと思われる。なんらかの願望を持つ者なら、なんでもよいのだろう。

居室があるところを見ると、集められた人々は、この建物で生活させられていると考えられる。服装が全員同じということは、ここでのルールがあるのだ。

紬が語った連続失踪事件の話では、最初にいなくなった美紀は、まだ帰ってきていない。美紀もこの施設に連れ込まれたと思われる。その後いなくなった者も同じくここに連れてこられたとして、戻ってきたふたりは、なぜ解放されたのか。

ここでの生活に嫌気が差してリタイアした、とも考えたが、そうならそう話すはずだ。頑なに語らなかったのには、なにか理由がある。

ラスカはひとつ、仮説を立てた。戻ってきているのは、ここでの研修を終えた者たち。リタイアではなく、修了である。連れて行かれる側だった彼女らはここでなにかを学び、久川と同じ色に染まり、連れて行く側になった。そして四人目となる紗耶を、新たに勧誘したのだ。

この友人たちがなぜ紬には声をかけなかったのかは謎だが、概ね辻褄が合う。

そして。嫌な予感が、ラスカの胸をざわつかせる。

「残留思念……」

山の中、それとこの施設の敷地内に散っていた、死者の置き土産。全員が同じ服装、そして恐ろしいものから逃げ惑うかのような表情だった。

容易に想像できる。あれは、この施設から逃げ出そうとした人たちの末路だ。

白い服に着替えた紬が、ラウンジに戻ってきた。派手なファッションを好む紬らしからぬ地味な格好は、彼女の金髪にはアンバランスだった。久川はにこりと笑い、紬にラウンジの椅子に座るよう促した。

紬はおそるおそる、椅子に座る。久川は滔々と話しだした。

「それじゃあ、この会の説明をするわね。夢の実現のためには、日頃の行いが大切でしょ。規則正しい生活が基本。女神様に見られていると思って、女神様の教えに従うの。ここでの暮らしを通して、女神様の子として生まれ変わるところから始めるのよ」

紬には、なにを言っているのかわからなかった。怖くてたまらない。霧嶋に連絡すれば、迎えに来てくれるだろうか。だが施設に到着するまでに、車で四時間もかかった。霧嶋が駆けつけてこられないくらい、遠くまで来ているはずだ。

それでも、自分はここにいるのだと、誰かに伝えたい。だというのに、連絡手段のスマホが入った鞄は、没収されている。紬はそわそわと、腰を浮かせた。

「先輩。一度、荷物を返してくれませんか？」

しかし久川はもちろん、仮面のような笑顔を見せているだけで、頷かない。

「だめよ。お金はここでの生活では必要ないし、スマホは雑念の塊だし。持っていても、夢の邪魔になるだけ」

「えっと、ええと……」

紬は必死にぐるぐると考え、やがて、思い切って言った。

「実は鞄の中に、爆発物が入ってるんです！」

ハッタリである。久川と田中が、笑顔のままで固まった。

「はい？」

数秒ののち、久川が口を開く。

「冗談でしょう？　荷物の中に変なものはなかったわ」

「スマホに仕込んであるんです」

紬は半ば自棄になって、勢いだけで続けた。

「あたし、警察官の従兄に送り込まれたスパイだったの。この施設はなにか悪いことしてるかもしれないから、警察が調べてる。あたしは潜入要員。それで、最悪の場合は爆破してくるように言われてた」

ひとつ嘘をつくと、流れるように出任せが出る。

「爆発物は、あたしの指紋を認証させないと解除できない。だから、あたしの鞄を返して」

話を飛躍させすぎた自覚が、紬自身にもある。こんな嘘はすぐにバレるだろう。

久川の笑顔が、やや硬くなる。彼女の隣に座っていた田中が立ち上がり、エントランスにあった電話で内線をかけ、なにか確認しに行った。

久川も立ち上がると、奥の部屋に消え、紬の鞄を持ってきた。持ってはきたが、まだ鞄は返そうとしない。

通話を終え、田中が戻ってくる。再び紬と久川の前にやってきた田中の顔からは、先程までの微笑みがすっかり消えていた。

「彼女の友人だというピュア会員に、事実確認をした。本当に身内に警察官がいるらしい。刑事だ」

それを聞いて、紬はたまらず立ち上がった。

「あたしの友人!?　秀一くんを知ってるってことは、美紀ちゃん？　紗耶!?」

しかし答えるどころか、田中は突然久川の胸ぐらを摑み、彼女の横っ面に拳を叩き入れた。久川がラウンジの床に崩れ落ちる。紬は立ち上がったまま、口をあんぐりさせて固まった。

床に倒れる久川に、田中が鬼の形相を向ける。

「なぜ連れてきた！　この頃は警察が嗅ぎ回ってるから、少しでも警察と関わりがある者には気をつけろと言ったはずだ！」

「……確認を怠りました」

床を這う久川が、掠(かす)れた声を出す。

紬は凍りついていた。無言でにこにこしていた田中の豹変、久川の美しい顔が容赦なく殴られた衝撃と、爆発物云々(うんぬん)ではなく〝警察官の従兄〟が久川と田中の顔色を変えたという、思いがけないスイッチ。全てにびっくりして、体が固まっている。怖さより、驚きのほうが圧倒的に大きい。

しかしこのままぼんやりして、勝機を逃すわけにはいかない。紬は久川の手から離れた鞄を引ったくると、外へ向かって全速力で走りだした。

「待て！」

田中の怒号が、背中に響いた。

＊＊＊

「待て！」

同じ頃、北署の廊下では、その言葉が霧嶋の背中に向けられていた。彼の背を追いかけるのは、瀬川である。

「どうした急に。『夢の女神の会』を調べたいだなんて。爆破予告の犯人が妙な思想を育てたというだけで、この会自体が爆破に噛んでるわけじゃねえだろ」

「そうですけど、嫌な予感がするんです。直近で入った会員の情報、開示させられないでしょうか」

数分前。霧嶋は、留置場にいる爆破予告犯と話をした。そこで爆破予告の男は、語った。

「『夢の女神の会』は、夢に向かって頑張る人のための場所だ。女神様の加護を受ける俺たちは、正しい。正しくなくてはならない」

厳しい戒律の中で暮らす会員たちは、突き詰めるとこうして、自分こそが正義であると思い込むようになるらしい。そして会員以外の者を、「夢を持たない怠惰な奴ら」と蔑む。

絶対的正義である自分が憎んでいるものは、絶対的悪である。その思考回路から、自分が憎んだ警察は、滅ぼすべきものとなり、爆破予告に繋がったそうだ。

留置場で座り込む男は、ぽつぽつと語り続けた。

「俺は女神様のお膝元、本部で学びを受けたんだ。必ず正しくなくてはいけない」

「つまり、本部は支部よりも特に過激なんですね」

「正義を裏切る者には、女神様に代わって鉄槌（てっつい）をくださなくてはならない。これは正しい行いだ」

虚（うつ）ろな目をして、男が呟く。会の戒律を破る、イコール正しくない行いをすれば、罰があるのだ。本部では少なからず暴力行為が行われているのだろうと、霧嶋は推測した。

男は膝を抱き、ぶつぶつと話す。

「夢を持っている若い人、特に将来の目標がはっきりしている専門学校生や大学生が、会員に増えてきている。会員になった学生が、学校の中で次の会員を見つけてくるんだ。素晴らしい好循環だろう」

それを聞いて、霧嶋の頭の中に、紬の顔が浮かんだ。昨日の夕方、突然押しかけてきて、訴えてきた話があった。霧嶋はあのとき寝たふりをしていたが、実はきちんと話を聞いていた。

姿を消した、紬の学校の生徒たちとも、なにか関係があるかもしれない。単なる偶然の可能性はじゅうぶん考えられたが、それでも、嫌な予感は拭いきれない。

霧嶋は、背後をついてくる瀬川に言った。

「『夢の女神の会』は彼の思想の構築にかなり大きく影響を与えています。爆破の幇助（ほうじょ）

や教唆、爆発物製作の監修に携わっているかもしれません。家宅捜索の令状を取って、徹底的に調べましょう」

寝たふりをしたのは、紬の話の内容では警察官として動けなかったからだ。今なら、別件でも理由があれば、踏み込めるかもしれない。

できれば、紬の友人は学校を辞めただけで、この件とは無関係であってほしい。そう願いながらも、霧嶋は動きだした。

＊＊＊

一方、施設の外から窓を覗き込んで、紬の様子を見ていたラスカは、怒濤の展開にくちばしを半開きにしていた。

ふたりの会員に捕まっている紬をどうやって助け出すか考えていたというのに、なにを言ったのか紬がふたりを動揺させた。突然男の会員が久川を殴り飛ばし、しかも紬は鞄を取り返して逃走したのだ。なにが起こったのか全くわからない。

「はあ!?　どうなってんだ、あいつ」

わからないが、自分のすることは決まっている。

紬がエントランスから転げ出てくる。つんのめりながら、門をめがけて一直線に駆け抜けている。

ラスカは翼を広げると、彼女を追いかけて上空を飛んだ。脳裏に過るのは、ここまでに目にしてきた数々の残留思念だ。脱走を試みた者たちがどうなったか、ラスカは知っている。

久川を殴った男と、その他どこからか掻き集められたらしい会員が数名、紬を追って建物から飛び出してきた。それを見てラスカは目を疑った。会員らの中には、猟銃を持った男が交じっている。

体力のありそうな大人の男が、銃を持って追ってきている。紬は一瞬振り向くも、すぐに前を向いて夢中で走っていた。

タンッと、猟銃が火を噴く。しかし弾は紬には当たらず、敷地の地面に火花が散っただけだった。ラスカはひやっとした。相手は躊躇する気配がない。紬がなにをして彼らをそこまで怒らせているのかはわからないが、それどころではない。

日が傾いてきている。あと少し耐えてくれと、ラスカは腹の中で呟く。

夕焼けの空を滑るラスカの下を、紬はひたすら走った。なんとかして追手を撒いて、そして取り返したスマホで霧嶋に助けを求める。それだけ考えて、必死に足を動かす。

「秀一くん……秀一くん……！」

声にならない声が、荒い呼吸とともに漏れる。

はあはあと息を切らして門をくぐり抜けた。薄暗い山道も立ち止まらず、無我夢中で突っ切っていく。背後で銃声が聞こえた。足元で火の粉が弾け、紬の足を掠る。膝ががくがくする。

紬は林の中に逃げ込んだ。ぬかるみに足を取られる。よろめいた紬の足元に、また、銃弾が撃ち込まれた。

「ひゃあっ！」

紬はついにバランスを崩し、その場に転げた。地面に突っ伏すと、白い服が泥だらけになる。足が動かない。脳に酸素が回らない。頭が真っ白で、痛みすら認識できない。

背後に、ぐちゃ、と、足音が近づいてくる。

「全く。だめじゃないか」

やけに落ち着いた、それでいて怒りが滲み出た声が、紬の頭上から降ってくる。紬は上半身だけ起こして、振り向いた。作り物のような笑顔を貼り付けた白い服の男が、ぞろぞろと並んでいる。そのうちひとりが、猟銃の銃口を紬に向けている。

「や、やだ。助けて」

紬は地べたを這いずった。

「助けて、秀一くん！」

そのときだった。銃声が鳴り響くとともに、黒い羽がひらりと、紬の鼻先に舞い降りた。

そして紬の体がふわっと、その場から浮く。

「へっ？」

うつ伏せの姿勢で、体が空中にぶら下がっている。紬が顔を上げると、すぐそばに、見知った顔があった。

「間に合った……」

人の姿に戻った、ラスカである。時刻十八時を迎えた彼は、この姿になって降りてきて、紬を小脇に抱えたのである。

いるはずがないと思っている彼がそこにいて、すでにしっちゃかめっちゃかの紬の頭は、一層混乱を極めた。

「ラスカ……!?」

「よくここまで時間稼ぎしてくれた。やるじゃねえか」

ラスカははあと、細くため息をつく。カラスの姿では追跡しかできなくても、今なら、どうとでもなる。

ラスカは紬を抱えてひょいと飛び上がり、林の木の幹を蹴り、太い枝に乗った。獣のような身のこなしに、紬は目を剝く。

「は!?」

下にいる会員らも目を白黒させた。ラスカは彼らを置いて、ひょいひょいと枝を飛び移っていく。脇に雑に抱えられて、高いところを縦横無尽に跳ばれ、紬は悲鳴を上げた。

「ぎゃー！　なになになに!?　怖い怖い！」

「っせえな！　黙ってろ！」

会員はもう追ってきていない。否、どこかではまだしつこく捜しているのかもしれないが、三次元で移動するラスカを見失ったようである。

紬は視線を斜め上に向け、ラスカを見上げた。

「ねえ、なんでラスカがここにいるの？　車で四時間もかかったのに」

「そんなに遠くねえよ。無駄に回り道してただけで」

久川が必要以上に山中で車を走らせたのは、勧誘してきた人間の距離感覚を鈍らせるためだ。遠くまで連れてこられていると錯覚させる目的で、あえて長くドライブする

――これはカルト団体の常套手段である。

紬はラスカの脇にぶら下がりながらも、わたわたとスマホを取り出す。

「そうだ、電話！　連絡しなきゃ……あっ、圏外！」

「あとにしろ。落ちないように俺の服でも摑んでろ」

「でもまだ美紀ちゃんも紗耶も閉じ込められてるんだよ！　早く通報しないと！」

紬は慌てているくせにやけに冷静で、空中に吊り下げられているというのに、スマホのロックを解除して電話をかけようとしている。山を下ってきて圏外マークが外れた途端、紬は霧嶋の番号にコールした。

「繋がった！　秀一くん！」

紬がなにか言おうとした直後、そのスマホをラスカが奪い取る。紬の手が宙を掻く。

「えー!?　ちょっとー！」

林の木々の上空では、カラスがギャアギャアと、円を描いて飛んでいた。

＊＊＊

着信を知らせるスマホに、霧嶋は手を伸ばした。画面に表示されている名前は、「紬ちゃん」である。「夢の女神の会」について捜査資料を集める傍ら、応答する。

「もしもし、紬ちゃ……」

「あんた。変な宗教の本部がある山を調べろ」

「うわあっ！　ラスカ⁉」

紬のスマホから発信されていたが、電話の向こうから話しかけてきた声はラスカのものだった。

「残留思念が大量に見つかった。人が死にまくってんぞ」

「なんだって⁉」

「どこかしらに死体もあるはずだ。見つかんねえように建物の中に隠してるだろうけど、山ん中だし殺した場所によっては見つかりにくいところに捨てて動物に食わせてるかもしれない」

ラスカが淡々と告げてくる。

「山の中の池にカラスの群れが集まってた。餌を見つけて仲間を呼んでたんだ。たぶん、池に打ち捨てられた死体がガスで浮かんできて、カラスはそれを見つけて食ってた」

ラスカの声を受け止め、霧嶋はひとつ、深呼吸をした。

「でかした。遺体が見つかれば、確実に事件化できる。ここからは僕らに任せて」

数日後、カルト宗教団体「夢の女神の会」が検挙された。本部とする施設の付近で遺体が見つかり、さらに家宅捜索で建物内からも遺体が発見され、容疑が固まったのである。

団体の異様なまでの縛られた生活や、日常的に行われていた暴力、その延長の殺害は、マスコミに煽られて全国ニュースになったのだった。

「ほらあ！　あたしの言ったとおりじゃん。連続失踪事件は、マジのマジで事件だったんだよ！」

＊＊＊

ある土曜日の夜、霧嶋宅のリビング。紬はニュースを流すテレビを指差した。リビングのテーブルに手作りサンドイッチを置き、床に紬とラスカが、ソファには霧嶋が座っている。

「本当にね。紬ちゃんの仰るとおりでした。人を閉じ込めて殺してるだけでもじゅうぶんなのに、ガサ入れしたら出るわ出るわ、違法薬物、爆発物、銃火器の類……」

爆破予告で捕まった男を足掛かりに捜査すると、団体が海外から危険物を密輸していた事実が判明した。

「なんでこんなデカイ問題が、今まで見過ごされてたんだよ。これに気がつかなかったなんて、なにやってたんだ、警察は」

ラスカに毒づかれて、霧嶋は苦々しく声を沈めた。

「意図的に見逃されてたんだろうな。この団体は特定の政党を支持してる。利権が絡んでるのかもね。遺体が見つかったから調べなきゃいけなくなっただけで、この事件がなかったら、きっとこれまでどおりなあなあにされてた」

「情けねえ」

「僕だってそう思ってる。文句は公安に言ってよ」

ラスカと霧嶋は、同時にため息をついた。そうは言ってもこの案件は公安に引き渡され、霧嶋の仕事ではなくなった。

「こんな凶悪な事件に紬ちゃんが巻き込まれかけたと思うと、恐ろしいよ」

行方不明者は、子供や老人か、事件性のある場合など、特定の条件を満たさない限りはろくに捜索されない。施設に軟禁された人も、脱走の果てに殺された人も、世間から忘れ去られてしまっていた。

団体の素顔を知る者は洗脳されて口を割らず、戒律に背いた者は暴行を受け、最悪は殺される。これほどの大量の犯罪が隠し通されていたことに、霧嶋は衝撃を受けていた。

紬は画面の中の建物を、白けた目で見ていた。

「美紀ちゃんと紗耶は、怪我もなく無事に解放されたよ。でも憔悴しきってるから、しばらく病院に通うって」

会が検挙された時点で、ふたりはまだ、施設で研修中の身だった。異様な場所に恐怖を覚えるも、外への連絡手段を絶たれ、脱走もできず、ただただ厳しい規律を守って生活するしかなかったという。

それより問題だったのは、すでに施設を出ていたほうだった。

「先に解放されてた子たちは……病院に入院したよ。洗脳を解かないといけないから」

施設から出されて、新たな会員を勧誘していた者たちは、施設ですっかり洗脳されていた。久川も含め、こうなった彼らは簡単には目を覚まさないようで、入院先の病院でも自己流の正義を振りかざして暴れているという。

テレビの中で、会の代表が警察に連行されている。その情けない姿を睨んでいた紬だったが、急に切り替えてきゃーっと歓声を上げた。

「でも秀一くんが助けてくれたからオールオッケー！　やっぱり自慢の従兄だよー！」

「いや、僕は紬ちゃん個人を助けたというよりは、会の摘発に向けて動いただけ……」

霧嶋が苦笑するも、紬はまだ甘え声を弾ませている。

「そんなことないよ！　秀一くんがいてくれたから、あたしは無事に助かったんだもん！」

爆破予告犯の一件をきっかけに、警察はかの団体を気にかけていた。「夢の女神の会」は警察の動きを警戒し、会員に、警察関係者や彼らの身内には近づかないよう呼びかけていたという。

紬ばかりが友人から誘い出されなかった理由は、これだった。紬と面識がなかった久川は、紬の身内に警察官がいるとは知らず、紬を招待してしまったのである。

「とはいえ僕はほとんどなにもしてないよ。それよりも……」

霧嶋はちらりと、ソファの上からラスカに目をやった。床に座ってテレビに顔を向ける彼は、霧嶋の位置からは後ろ頭しか見えない。紬は、ハムとレタスのサンドイッチを口の前で止めた。

「まあ、実際に助けてくれたのはラスカか」

「俺に対しては反応薄いな」

ラスカが不服そうにたまごサンドを咥える。紬はうーんと唸った。

「あのとき、あたし相当慌ててたし頭がショートしてたから、記憶が曖昧なんだよねー。

なんか、ラスカがあたしを抱えて、鳥みたいに林の中を飛んでたような気がしてるの。変な夢でも見てたみたい」

「実際に飛んでたんじゃねえか」

「そんなわけないでしょ」

ラスカは隠しているわけでもないのに、紬が事実を認めない。ラスカもそれ以上は突っ込まなかった。紬はくるっと、ラスカを振り向く。

「まあいっか。ありがと。ちゃんと感謝してるよ」

紬が素直にお礼を言うと、ラスカも僅かに、顔を紬に向けた。後ろにいた霧嶋は、おっと目を瞠った。なにかと喧嘩腰なふたりが、歩み寄ろうとしている。

かと思いきや、ラスカはぷいっとそっぽを向いた。

「うっぜ。首突っ込むなと警告したのに、無視しやがって。バーカバーカ」

「なに！　お礼言ってるのに！　かわいくない奴ー！」

紬はラスカをぽかぽか小突き、ラスカは無視してたまごサンドを食している。結局幼稚な喧嘩になってしまい、霧嶋は苦笑いした。

霧嶋の頭の中に、ふいに、フロウとの会話が蘇る。

『死神は人間と関わっちゃいけないの』

『たしかに、ルールは守らないといけないよね』

フロウの言うとおり、ラスカはここにいるべきではない。つい呼んでしまうが、ラスカとの付き合い方は、見直したほうがいいのだろう。霧嶋は、頭ではそう理解していた。

だが、紬と揉めるラスカを見ていると。

「もう少しだけ、このままじゃだめかな……」

霧嶋の呟きは、紬の甲高い声とテレビの音に掻き消され、誰にも受け止められずに消えた。

file. 3 死神の憂い

ルームシェア開始から、一ヶ月が経過した。ルームシェアといっても「あくまで拠点」というラスカは、シャワーを使ったり休憩したりする程度で、すぐに出ていく。ラスカが泊まっていく日数は、霧嶋から呼ばれていた頃とさほど変わらない頻度だった。

それゆえに、帰宅して突然ラスカがいると驚いてしまう。

「うわ。今日は来てる日なんだ」

残業で帰りが深夜になった霧嶋は、リビングの電気を点けて初めて、床に転がっているラスカに気づいた。

ラスカはこの部屋にやってきては、暇潰しに掃除をしていく。おかげで霧嶋の帰りが連日遅くなろうと、泊まり込みで仕事をしていようと、室内がきれいに保たれている。

霧嶋がラスカへの差し入れとして、テーブルに饅頭などのおやつを置いておくと、察したラスカが食べていく。世話好きの霧嶋には、これが面白かった。

互いに顔を合わせていなくても、いた形跡がそこにある。彼らは互いに、依存はしないが都合がいい距離を保っていた。いなくてもいいが、いたほうがいい、そんな立ち位置にいるラスカの存在感は、霧嶋にとってなんともいえない心地よさのあるものになってきていた。

「うーん。付き合い方、考えなきゃなとは思うんだけど」

死神は、人と関わってはいけない。掟に違反すれば、彼はまた罰せられる。霧嶋にとってラスカは便利だし、いるだけで面白いが、いつかは手放さなくてはならない。

どこかのタイミングでそれを本人に切り出そうとは思っているが、なにせ前述のとおり、便利で、いるだけで面白い。切り出してしまえば、この距離感は終わる。霧嶋にはまだ、その覚悟ができなかった。

ラスカは普段ソファを寝床にしているが、今日はなにを寝ぼけたのか床で丸くなっており、しかも霧嶋が出入りしたい扉の前にいる。これでは扉を開けられない。霧嶋はラスカの肩をトントンと叩いた。

「おーい。扉を塞ぐのやめて」

しかしラスカは唸るだけで、起きない。霧嶋は諦めて、ラスカの脇腹に両手を添えた。引きずって位置をずらすしかない。

そのとき、霧嶋は衝撃を受けた。ラスカの体は、引きずって動かすどころか、全身が簡単にひょいと持ち上がってしまったのだ。

「へっ⁉」

重いものを動かすつもりで力を入れていたぶん、あまりの軽さに、ひっくり返りそうになった。ラスカはよく食べるわりに体が細いが、この軽さはそのレベルではない。

霧嶋は目をぱちくりさせ、ラスカを吊り上げてみる。脇腹に添えた手が、自分の顔より上にいく。ラスカの足が、床から浮いた。

「嘘でしょ、なにこれ」

恐らく、体重は二十キロとない。

「これが死神の体……？」

体の造りそのものが、人間と違う。それをまざまざと感じさせられる。

ラスカは人の姿をしていても電線に飛び乗り、フロウは体を透過して、どこへでも侵入する。さらにはフロウ曰く、死神の体は歳を取らない可能性が大きいらしい。そもそも鳥になるという時点で、この世の法則に反している。体というものの理自体が、人間の持つそれと異なっているのだ。

「これでも睡眠に食事と、人間と同じ行動を必要として、生命を維持してるんだよなあ。なんなんだ、死神」

霧嶋が呆然としていると、ラスカが目を覚ました。

「あ？　おい、なにをする。離せ」

霧嶋の手を振り払い、自主的にソファに移動する。そこで寝直すラスカを眺め、霧嶋は考えた。

先日のカルト宗教事件で、遺体が続々発見された。ほとんどが白骨化しており、中には二十年以上も前の遺体もあった。

この犠牲者たちは、概ね二十代の若い人ばかりだった。爆破予告の犯人曰く、専門学校生や大学生が狙い目だったそうだから、自然とその年代が多く集まったのだろう。ラスカが見つけた残留思念も、若者ばかりだった。

命が尽きたその瞬間、人の時は止まる。たとえ二十年前の遺体でも、体の持ち主の残留思念は、当時の年齢のまま、そこに立ち尽くしている。

霧嶋は、署に突撃してきたフロウの言葉を思い出した。彼女は四十年前から、若い容姿のままだそうだ。まるで、そこで時が止まったかのように。

残留思念と、死神。霧嶋の中で、両者がうっすらと重なる。

同じように、時間が止まっているのだとしたら。異常に軽い体は、必要最低限の器でしかないのだとしたら――。

「まさか……」

外見の年齢の時点で、時間が止まった。そう仮定するならば。

「もしかしてラスカは……」

ソファの上でうつ伏せになり、微動だにしないラスカは、まるで死んでいるかのようだった。

＊＊＊

カルト宗教事件のほとぼりも冷めてきた頃。北署の刑事課に、新たな大物案件が舞い込んできた。

「藍原正宗(あいはらまさむね)ねえ……」

瀬川が名前を口にする。霧嶋は、資料を彼に手渡した。

「はい。知る人ぞ知る、注目の画家だそうです」

そして、苦い顔でうなだれる。

「その自宅兼アトリエが、今回の現場です」

彼らは今、画家が殺害された現場に向かう、パトカーの中にいた。

藍原正宗、七十五歳。ぼさぼさの白髪頭をした、油絵画家である。日常を切り取ったような穏やかな作風が国内外で密かに注目され、美術ファンなら誰もが一度は耳にする名前だという。

彼は自宅にあるアトリエで、毒殺された。

「彼を殺害したのは、妻の藍原波恵。夫の好物だった紅茶に、庭のスズランの毒を混ぜたと、自白しています」

妻の波恵は罪を認め、現在、留置場にいる。彼女は自ら署に出頭してきた。警察は取り調べと事実確認を進めている最中である。

「瀬川さん、波恵さんに会いました？　奥さん、四十二歳だそうです」

「四十二!?　死んだ画家が七十代で、妻が四十代？」

瀬川が素っ頓狂な声を出す。

「うちの娘が今、十歳……俺と娘ほどの年齢差だぞ」

「あ、娘さんいらっしゃるんですか」

「そうだよ。俺がお前くらいの歳の頃には、もう結婚してたからな。娘はかわいいぞ、お前も早く嫁さん迎えられるといいな」

ひとり暮らしである霧嶋に対して、瀬川はささやかな意地悪を挟んだ。霧嶋がそれを途中から聞き流しているうちに、現場のアトリエに到着した。

藍原のアトリエは、自宅の一角にあるガラス張りの部屋である。草木の茂る庭に囲まれており、その庭を眺めるようにして、イーゼルが立っている。そのイーゼルの前に、苦悶（くもん）の面持ちで息絶える、藍原の亡骸（なきがら）があった。

油絵の具の匂いが、部屋を満たしている。室内には大量のキャンバスと、習作用と見られるスケッチブック、棚にいっぱいの画材が詰め込まれていた。

庭から小鳥の声がする。陽の光が差す明るく美しい庭には、実のなる木が植わり、小鳥の巣箱や水の入った容器が置かれている。毒物として使われたスズランも、花壇でそよそよと風に吹かれていた。

晴れやかな庭と心地よい小鳥の声が目の前に広がる一方、ガラスの内側には凄惨な死体が転がっている。飲み込んだ毒を、体が反射的に吐き戻そうとしたのだろう。藍原は吐瀉物（としゃぶつ）だらけになって、青白い顔で死んでいる。苦しかっただろうなあと、霧嶋は足元にいる老いた男を眺めた。

アトリエの床に放置されたキャンバスを、瀬川が手袋を嵌めた手で触った。この庭を描いたのであろう。明るい木の葉の中を、小鳥が飛んでいる絵である。

藍原の主な作品は、野鳥のいる風景画である。

彼はアトリエの庭にやってくる鳥を観察して、絵を描いていた。鳥を呼び込むために木を植え、水場を用意した。そうして、ガラス越しに彼らの営みを観察するのだ。

ガサガサと、庭の木が大きく揺れる。霧嶋が目をやると、カラスが来ているのが見えた。庭木から餌を貰いに来たのかと思いきや、カラスはガラス越しに、じっとこちらを見ている。

ひととおり現場検証を終え、一旦引き揚げとなった。帰りのパトカーの助手席で、瀬川がため息をつく。

「鳥を呼び込む庭をわざわざ設計して、それがよく観察できるガラス張りの部屋を造る。そこに金を投資してるわりに、意外と貧しい暮らしをしてたみたいだな」

画家である藍原は、絵で金を稼ぎ、絵のために金を費やした。彼自身の生活はいたって質素なもので、こだわり抜かれたアトリエ以外は、狭く古い家で、慎ましく暮らしていたようだ。彼は絵に一生を捧げたといっても過言ではない。瀬川は資料に目を通す。

「じいさん本人は貧しくても、絵の資産価値は高い。妻の目的は、絵だったんだろうな」

父娘ほども歳の離れた画家の妻、波恵には過去にも逮捕歴があった。彼女は遺産目当てで資産家の男と結婚し、殺人未遂を犯していたのだ。遺産を相続するまで待つつもりが、夫の事業が傾いて転落。金の切れ目が縁の切れ目、波恵は離婚を申し出たが、夫が承諾しない。もとから彼との生活に嫌気が差していた波恵は、耐えかねて殺害を試みたのだ。

「服役を終えて、今度は藍原と再婚か。確実に財産目当てじゃねえか。絵に値がつくから、画家は金のたまごを産むニワトリだと思ったのに、意外と暮らしが質素で我慢ならなくなったか？」

「かもしれませんね。それに、ここ最近の藍原さんの作品は、全盛期に比べると値がつかなくなってきていたそうです」

「このまま絵の値が落ちていく一方なら、ゴミを生産するジジイの介護をするはめになる。……とでも思ったんだろうな。だからって殺すなよ。この状況じゃ、隠そうとしたって即バレるんだから。バカなのか？」

吐き捨てるように言い、瀬川は波恵の行動を分析した。

「隠し通せないと気づいて、黙ってると罪が重くなると考え、自首したってところか。財産目当てなのに遺産は手に入らないわ、刑務所に逆戻りするわ、考えずに行動するからこんな結果になるんだよ」

それから大きなため息をつく。

「金狙いの女が画家と結婚して、挙げ句、身勝手な理由で殺した。残酷だな。全国ニュースになるぞ、これ」

波恵は罪を認め、凶器の毒物も犯行の動機も、概ね確定した。この件は衝撃的ではあったが、争点はない。このときの霧嶋は、そう思っていた。

瀬川はいつものいかつい顔を、不機嫌で一層険しくしている。

「つーか、野鳥に餌やっていいのか？」

「実のなる木を植えてるだけで、野性を失うほど干渉してるわけじゃないから……いいんじゃないですか？」

言いながら霧嶋は、自宅に休憩に来るラスカと、たまに食べ物を与える自分の関係を思い浮かべた。

＊＊＊

大きな争点はないと思われた藍原夫婦の案件だったが、その晩、ラスカが霧嶋宅を訪ねてきて、状況が変わった。

「なあ。アトリエのジジイは、自分で死んだのか？」

「ラスカがその件を知ってるってことは、あの庭にいたカラスは君だったのかな」

作り置きしていたミートソースでラザニアを作って、霧嶋はテーブルに並べる。

「自殺じゃないよ。彼の奥さんがスズランの毒を飲ませた」

留置場の波恵は、警察の取り調べに素直に応じている。動機だけは黙秘するが、前科から予想はつく。

「資産が目的で結婚したものの、思いどおりにならなかったみたいだよ。殺されたほうは愛し合ってると思っていただろうに、気の毒だよね」

妻が愛したのは自分ではなくて、自分の金だけだった。今際(いまわ)の際にそれに気づいて、どれほど絶望しただろう。

ラスカは首を傾げた。

「金？　でもあの家、狭そうだしボロかったぞ」

「そこなんだよ。奥さんの波恵さんは、絵の価値イコール画家の儲(もう)けだと勘違いしていて、期待しすぎてしまったんだ」

霧嶋は憂い顔で続けた。

「藍原さんの絵には価値がある。人気が高く、高値で取引されてる」

「でもそんな高い絵、誰が買うんだよ」

「主に資産家。お金や株価は価値が変動するから、真に裕福な人は、お金を美術品とかの資産価値が下がりにくいものに変える。資産家の妻だった波恵さんなら、藍原さんの絵の値打ちを知っててもおかしくない」

霧嶋がさらっと語る。これは霧嶋が警察官だから知っているのか、実家が裕福だから身にしみているのか、いずれにせよラスカには異次元の話だった。

「一方で、画家のほうは裕福にも貧しくもなる。絵の売買は、絵を売る場所、たとえば画廊やデパートが儲かるシステムになってて、画家の儲けは販売価格の二割程度……ってこともあるんだよ」

藍原は金に執着する性分ではなかった。絵を描く環境と、最低限の生活ができる家があればじゅうぶん、といった住環境にいた。彼は利益が少なくてもごねなかったのだろうと、霧嶋は考えている。

「今話したことは本人の供述じゃないから、憶測の域を出ないけど……妻の波恵さんは、価値の高い絵を描く画家は金持ちなものだと思い込んでいた。藍原さんが質素な家に暮らしているようで、実は財産を隠してるのではと考えた。でも藍原さんは期待したより裕福ではなく、生活に耐えられないのに離婚もできず、気持ちに任せて殺害。というのが、警察の見方」

世間ではすでに、この話題が広まっている。注目を集めていた画家の死は昼のニュースで報じられ、人々は孤独な老人を哀れんだ。そして彼を殺した下衆で最低な女は、インターネットを中心に騒ぎの種になっている。彼女の過去を晒し上げ、誰もが怒りを露わにした。

ラスカはひとつ、まばたきをした。

「そうか……」

「なにか気になってるの？」

物言いたげなラスカに、霧嶋は問いかける。ラスカがぽつぽつと、話しだした。

「ジジイの残留思念……なんというか、嬉しそうというか、どこかほっとした顔してた」

殺人の現場であるアトリエには、残留思念があった。死神であるラスカには、その姿が見えている。

霧嶋は、現場で見た遺体の顔を思い浮かべた。肉体は苦しみぬいた表情を浮かべていたというのに、残留思念はむしろ、幸福の面持ちだったのだ。

下を向いたラスカは、前髪で目元が陰って、霧嶋からはその表情は読めなかった。

「妻の目的が財産でしかなかった。期待外れの自分は、いらないものだった。……という、絶望の表情ではなかった。少なくとも、あの人は死ぬ瞬間、そうは感じてない、と、思う」

表情なんて、表面的なものでしかない。なにを思ってその顔になったのかまでは、ラスカには想像することしかできない。

「あの人は本当に、妻に殺されたのか？」

神妙な声が、静かな部屋に溶ける。霧嶋はラスカの怪訝な顔を、しばし見つめていた。

「それで、自殺だと？」

「自分で死にたくて死んだなら、『楽になれる』と感じて、ああいう顔の残留思念になる」

「わからなくもない。だけど、妻の波恵さん本人が、殺害を認めてる。毒の入手手段も、飲ませ方も、詳細な犯行時刻も自供した。現場を検証した結果とも、一致してる」

霧嶋にあっさり否定され、ラスカはぱっと顔を上げた。その今にも噛みつきそうな顔に向かって、霧嶋は冷静に続ける。

「でも、ラスカがそう言うんなら、なにかあるんだろうね」

本来ならば争点もなく終わるはずだったが、ラスカの発言は見過ごせない。

ラスカは半開きの口から牙を覗かせ、言葉を呑んだ。霧嶋はラザニアの前に着席し、スプーンを手に取る。

「それじゃ、ラスカの言うとおり、亡くなった画家の藍原さんは、本人が望んで亡くなったと仮定する。ただし証拠を鑑みると、自殺ではない。となると、考えられるのは、『殺したのは奥さんで間違いないが、夫に頼まれて殺した』という可能性」

「それなら、妻による他殺で、なおかつ残留思念のあの表情、両立するな」

ラスカも椅子に座る。霧嶋は難しい顔で唸った。

「けど、仮にそうならそうと取り調べで話せばいいのに、どういうわけか動機を黙秘してる。言えば情状酌量の余地ができるのに、言わないから、今のところ身勝手で残酷な犯罪でしかない」

「本人が言わないなら、別のところから証拠を見つけてくるしかねえな」

「うん。現場はまだ何度か足を運ぶから、そのときラスカも、あの庭に来て。ガラス越しに、遺留品を見せるから」

そうして、ふたりの新たな検証が始まった。

＊＊＊

翌日、保存された現場に、再び警察が調べに入った。中には霧嶋もおり、ガラスの向こうの庭には、小鳥に交じってカラスの姿があった。部屋の中を真っ直ぐ見つめているそれは、ラスカである。

霧嶋は現場の遺留品が押収されていく中、絵画を手にとった。鳥にさほど詳しくない霧嶋には、描かれている鳥の名前すらわからない。ただ漠然と、美しいなと思う。

外にいるラスカは、身を屈めて、真剣に絵を見ていた。霧嶋と違って多少は鳥の種類を覚えている彼は、絵の中の鳥のことがわかった。ラスカのとまる木の上で、シジュウカラが囀る。まさに、霧嶋が手に持っている絵に描かれている小鳥だった。年中国内にいて、緑のある場所であれば市街地にも現れる鳥である。

霧嶋が次々と、キャンバスを手に取り、ラスカに目配せする。色鮮やかなイソヒヨドリや春の花とメジロ、夏の渡り鳥であるキビタキ、秋になると飛来してきて、日本で冬を越すツグミやジョウビタキといった冬鳥たち。四季折々の鳥の姿が、そこに活き活きと刻まれている。

藍原は、庭に訪れる鳥の絵を描いていた。人家の庭にやってくる野鳥は、比較的警戒心の弱いものに限られている。そのため描かれる鳥は必然的に、特段珍しくない野鳥ばかりになる。

と、次に霧嶋が呈した絵に、ラスカは思わず、声を出した。

「ん？」

手に持った霧嶋も、絵を見て驚いていた。そのキャンバスに描かれていた鳥は、フクロウだった。それも、日中の光の中にいる姿を描いている。

霧嶋は物珍しそうに、絵と庭を見比べた。住宅地にある人家の庭に、フクロウ。なかなか珍しい。

ラスカのほうはというと、ぽつりと声を漏らしていた。

「ありえないはずだぞ、それは」

＊＊＊

その日の午後、北署の霧嶋のデスクには、雑誌が数冊積み上がっていた。瀬川が横から覗き込む。

「押収品か？」

「いえ、自分で買いました」

表紙に刻まれたタイトルは、『月間現代美術マニア』。

「藍原さんの作品について書いてる、評論家の記事があるんですよ。少しですけど、絵の写真も載ってます」

昼休憩のついでに、霧嶋は書店に立ち寄り、藍原の資料はないか問い合わせた。画集のひとつくらい出版していそうなものだったが、藍原はそれなりに注目を集めていた画家であるにもかかわらず、彼が携わる本はひとつもないという。

しかし美術評論家が藍原の作品を解説する雑誌は山程あり、彼はその中から、書店に在庫があったものを買ってきた。

瀬川は大げさに仰け反った。

「わざわざ買ったのか！　藍原の絵なら、現場検証で嫌というほど見たのに」

「藍原さんのこと、なにかわかるかもしれないので」

藍原は、基本的にアトリエに閉じこもり、他人と関わらない性分だった。

古い型の携帯電話を持っていたが、友人らしき連絡先は登録されておらず、やりとりしているのは数名の画商と、あとはほぼ妻だけだった。他の刑事がこの画商らに話を聞きに行ったが、彼らも仕事に必要な最小限の対話しかしておらず、藍原の人物像は知らないという。

妻の波恵のほうも、逮捕された過去をきっかけに知人と疎遠になっている。出所後の彼女は、故郷の家族とも友人とも、接触していなかった。

藍原夫婦を知る者は、現れなかった。

「藍原さんの作品と向き合ったら、彼の背景が見えてくるかな……と考えたんですが、美術の感性がない僕には言語化できないので、評論家の言葉で考えることにしました」

作品には、作者の内面が滲み出るという。霧嶋は絵にも鳥にも詳しくないが、藍原が絵を通してなにか訴えていたのであれば、それを感じ取りたいと思った。瀬川が肩を竦める。

「ただ鳥を描いてるだけの絵に、なんの意味があるっていうんだよ。あの絵を見ても『鳥だ』としか感じなかったぞ」

「絵を見てなにを感じるかなんて、見る側の自由ですからね。それでもいいと思います」

霧嶋はそう言いながら、雑誌を捲り、藍原の作品解説のページを探した。

「だけれど、描く側がなにを考えていたのか、絵に描きたいほど魅力を感じていたのはどんなことだったのか、それくらいのヒントはあるんじゃないでしょうか」

雑誌の記事では、解説者が藍原の絵を画像付きで評論していた。

『これは藍原先生が二十代の頃の作品。当時住んでいた家の庭に現れたシジュウカラを描いたものである。小さな鳥の躍動感から生命の神秘が感じられ――』

画像の絵は、のちに訪れる全盛期の作品に比べるとやや拙い。だがそれでも活き活きと描かれた鳥の姿は、儚くも力強く、美しい。

記事の端に、藍原の代表作の写真が、年代順に並んでいる。作品が新しくなるにつれ、藍原の技術も磨かれていく。鳥の絵は年を追うごとに写実的になり、それでいて陳腐でなく、迫力と繊細さが同居した独特の魅力が増していった。彼の絵を、解説者が力説する。

『絵の中の鳥たちは、四季折々に色を変える庭の中で、季節に身を任せて暮らしている。人間のように泣いたり笑ったりしない鳥の顔は、無表情であるがゆえ、どこか毅然として生きているように見える』

瀬川が霧嶋を睨んでいる。

「殺した犯人は捕まってんだし、そこまでする必要ねえだろ。それとも、被害者に寄り添ってます、ってか？」

瀬川の嫌味は聞き流し、霧嶋は藍原の軌跡を辿る。カラスの絵の解説が出てくると、霧嶋はつい、手を止めて見入った。

『藍原は、嫌われ者の鳥であるカラスですら、丁寧に描いている。青い光沢のある翼を背負い、凛と上を見るその佇まいは、他人から冷遇されようと我が道を行く、この鳥の逞しさまで感じさせる』

藍原はカラスの生き様の、気高さを描き出そうとしたのかもしれない。というのが、解説者の読解だった。

解説によると、藍原の作品が最も評価されたのは、彼が五十代の頃の作品らしい。霧嶋は改めて、年代順に並ぶ代表作を見た。

「言われてみれば……五十代の頃の絵がいちばんきれい、かも？」

解説を読んだから情報に引っ張られているだけかもしれないが、たしかに五十代を境に、藍原が歳を重ねるにつれ、どこか見応えがなくなっていく。絵に詳しくない霧嶋には、なぜそう感じられるのかはわからないが。

「近年の絵は全盛期よりも売れなくなってるって言ってたな」

藍原の晩年の作品は、素人の霧嶋から見ても、若い頃よりどこか衰えが感じられた。

「生前の彼を客観的に見てる人なら、なにか知ってるのかな……。でも奥さんは犯行についてしか語らないし、交友関係もほぼないし」

霧嶋は記事の冒頭に戻った。

『解説：篠木誠（しのきまこと）』

この評論文を書いた人物である。職業は、画商。

画家が絵を描いても、自力で売るのは限界がある。絵を客へ売ってくれる画商は、画家にとって重要な仕事のパートナーである。

「通話履歴には残ってなかった名前だけど……この人も、藍原さんと取引した人かな。瀬川さん、会いに行きましょう」

「会ってどうすんだよ」

「藍原さんの作品をこんなに丁寧に紹介してる人ですよ。きっと藍原さんの理解者です。話してみたら、殺しの動機がはっきりするかもしれません」

霧嶋は半ば押し切るようにして、画商、篠木の画廊へと向かった。

＊＊＊

その頃、現場から引き揚げたラスカは、ある人物とコンタクトを取った。川に架かった橋に呼び出すと、彼女はすぐにやってきた。

「人使いが荒いな。困ったときばっかり呼び出してさ」

柵にもたれて不機嫌な顔をしているのは、ラスカと同じく死神の、フロウである。彼女が寄りかかる柵にとまり、ラスカは言った。

「庭に鳥を呼んでる、画家のジジイがいる。そいつが描いた作品に、フクロウの絵があった」

「それがどうした？」

「その画家は、庭に来る鳥を描く画家だ。必ず実物を見ている。つまりあの庭には、フクロウが来てる」

藍原は、珍しくない野鳥を淡々と描き続けていた。その中でフクロウの絵は、異彩を放つ存在だった。

「あのフクロウ、罰を食らって鳥の姿にされたときのあんただろ」

ラスカに言われ、フロウは試すような目つきでにやついた。

フロウはかつて、ラスカに世話を焼いた末、三つの掟のうちひとつを破った。そうしてラスカがカラスにされたように、フロウはフクロウにされたのだ。

ラスカはくちばしをもたげ、フロウの顔を見上げた。

「鳥が訪れやすい環境を整えておけば、珍しい鳥も稀（まれ）に来る。しかしジジイが描いていたフクロウは、モリフクロウだった。本来国内には生息しない。飼われてたのが放されてるんじゃない限り、あんなの、あんたくらいしかいない」

第一、あの絵は昼間のフクロウの絵だった。夜行性のフクロウが、明るい時間に庭に現れている時点でかなり珍しい。そしてフロウは、昼の時間にフクロウにされる罰を受けていた。

「あはは。あんた、フクロウの種類をきっちり見分けて、生息地まで把握してるんだ。カラス生活が長いと、鳥に詳しくなるの？」

フロウはおかしそうに笑ったのち、少しだけ真面目な顔になった。

「そうだよ。あの庭を出入りしていたフクロウは、私。言っとくけど、餌目的じゃないからね。死神として仕事をしてたの」

ちょんと、フロウがラスカのくちばしの先に指を触れた。

「私は当時、フクロウの刑から早く解放されたくて、今以上に必死に残留思念を回収してた。たくさん集めれば、もとの体に戻してもらえるからね」

新たな残留思念を素早く回収すべく、フロウは、死期の近い人間を目ざとく見つけては、注視していた。

「画家先生の奥さん、前の夫を殺しかけて服役してた人らしくてね。また新しい夫を殺すかもしれないでしょ？　だから私は度々あの庭に行って、夫婦の様子をチェックしてた」

藍原はフロウを見て絵を描いていたが、フロウもまた、藍原を観察していたのである。

「だというのに、意外と殺さない。あまりにも殺さないから、痺れを切らして見に行くのをやめた。あの夫婦を気にしてる暇があったら、他のところで残留思念を集めるほうが効率いいからね」

「あんたが見切りをつけるほど、殺す気配がなかった、と」

「そう。ちょっとでも殺しそうだったら、もう少し観察を続けても良かったんだけど」

フロウは柵に腕を乗せ、面白くなさそうにうなだれた。

「殺すどころか、暴れる夫を献身的に支えるばかり。殺人未遂の前科があると聞いて期待したのに、あの奥さんときたら」

「暴れる？　ジジイ、そんな気性の荒いタイプだったのか」

ラスカが見た残留思念の藍原は、穏やかな表情を浮かべていた。そんな彼が暴れるというのは、頭の中で結びつかない。フロウは、橋の下を煌めく川を眺めていた。

「奥さんに暴力振るうって意味じゃないよ。絵を描いては気に入らなくて、自分に苛立ってた、って感じ。急にキャンバスを塗り潰して、イーゼルを倒したかと思えば、塞ぎ込んで動かなくなる」

「なんか、難しい奴だな」

「芸術家肌なのよ。庭の世話をしてるとき、『僕に他人は必要ない。絵だけ描ければいい』なんて鳥相手に呟いたりして。自ら孤立してんの」

フロウは、ラスカが聞いたことのない藍原の喋り方を真似た。

芸術とは、己と作品が向き合う孤独な世界である。藍原が他人との交流を避けたのは、彼自身が孤独を愛したからなのか。ラスカはそんな画家の残留思念の顔を思い浮かべた。

「自ら孤立……他人とは距離があったほうが、楽に生きられる性分だったのか」

「さあね。私は死ぬか死なないかチェックしてただけで、人間のひとりひとりの性格には興味ないから」

フロウが冷ややかに返す。ラスカはくるりとフロウに顔を向けた。

「そのわりによく見てるじゃねえか。興味なくはないだろ」

「うるさいカラスね。私はあんたと違って、人間に入れ込んだりしない」

フロウのような要領のいい死神は、人間にドライに接する。人間に情が移ると、残留思念を回収するときに、その感情の大きさに胸が張り裂けそうになるからだ。

「ただ、見てただけ。いつ死ぬか、待ってただけ」

そう自分に言い聞かせないと、死神なんてやっていられない。フロウのそんな胸中が、ラスカには透けて見えた。

「で、そんな変わり者の画家先生と、奥さんはうまくやってたわけ。画家先生が弱ってると、奥さんはにこにこして紅茶を淹れてきて、一緒に庭の鳥を眺めてた。そうしてると画家先生も落ち着いてきて、また描きはじめる」

フロウはその光景を思い浮かべ、波恵に同情した。

「気難しい画家だったよ。あれと一緒に生活するのは、楽じゃないでしょうね」

風がフロウの髪とラスカの羽を撫ぜる。情緒不安定な藍原は、妻に苦労をかけていた。財産目当てだったが耐えられなくなって殺した、などと考えられても無理もない。

霧嶋の考えでは、藍原は、波恵に自分を殺すよう依頼し、波恵はそれに従ったとのことだった。藍原は塞ぎ込みやすい性格だったという。彼は心が沈んだときに、波恵に「殺してくれ」と頼んだのか。

しかし波恵は、夫が弱っているときには、紅茶を淹れて寄り添っていた。それで彼が回復するのを、誰より知っている。仮に夫が希死念慮を訴えてきたとして、彼女は夫を殺すだろうか。少なくともフロウが観察していた限りでは、フロウが手を引くほど、殺す気配がなかった。

フロウが後れ毛を耳にかける。

「どう見ても大変そうだったけど、奥さんは、画家先生を殺さない。なんとなくそう確信したんだよね」

せせらぐ川面が、日の光できらきらと光る。

「なんでしょうね。臭い言葉で表現するなら、〝愛を感じた〟とでも言いましょうか」

からかい半分なフロウの言葉尻が、そよ風にさらわれる。

「あんな変人ジジイのなにが良くて一緒になるんだろうね。鳥に優しくて、絵がうまいだけの人なのに。まあ、どっちにしろ殺さないなら私には関係ないし、見てても無駄だから、もう知らないけど」

「その奥さん、ついにジジイ殺したぞ」

ラスカがあっさりと言うと、フロウは勢いよく顔を上げ、ラスカを振り向いた。

「は⁉　本当に？　残留思念は⁉」

「屋内だから、俺には侵入できなくて回収してねえ」

「透過できる私にくれるってわけね。気前いいじゃない」

フロウはラスカの首をわしゃわしゃと撫でるや否や、画家のアトリエに向かって駆けだしていった。

羽を乱された姿で橋に取り残され、ラスカはフロウの後ろ姿を見送る。フロウは夫婦の様子を見ており、妻の波恵が夫を愛していたのを知っていた。その波恵が夫を殺したと聞いても、「なぜ」とは口にしない。

彼女は人間ひとりひとりの人生に、興味を示さない。たとえ胸の中でなにか思っても、言葉にしないで仕事として向き合う。それが、本来あるべき死神の有り様だ。

それでも、ラスカは言わずにはいられない。

「好きだったなら、なんで殺したんだよ」

そんなことが気になってしまうラスカは、ことごとく死神に向いていない。

＊＊＊

篠木誠、六十八歳。彼は市街地に画廊を持つ画商で、藍原と彼がともに四十代の頃、絵を通じて知り合ったという。霧嶋と瀬川が会いに行ったその人は、丸眼鏡に茶色いベストといった出で立ちで、品のいい話し方をする男だった。

「私も直接お会いしたのは数回だけですよ。彼はかなり気難しい人で、全然顔を出しませんから」

ビルの一階をまるまる使った画廊には、篠木が集めた絵画の数々が展示されている。

「美術館の学芸員から画商になって、初めて取引をしたのが、藍原先生の作品でした」

篠木は白い天井を見上げた。

「藍原先生はとにかく人間が嫌いで、全然心を開かなかった。あらゆるメディア出演を断って、ひたすら絵だけ描く人でしたよ。インタビューのオファーや画集の出版は全部拒否。表彰式にすら顔を出さない」

「そんなにですか！」

驚く霧嶋に、篠木は苦笑いで頷く。

「世間から離れすぎてて、たまに人と会っても、打ち合わせがまともにできないんですよ」

篠木は画商として見てきた、藍原正宗を語った。

美術ファンからの熱視線が集まっていた藍原には、実力が認められるにつれ、インタビューや画集の出版のオファーが来るようになった。若き日の藍原は一度だけオファーを受けようとはしたものの、打ち合わせをすると嚙み合わず、企画は頓挫。それ以来彼は、人と会う機会を避けたいあまりに、メディアの出演依頼も社交の場も、断るようになった。

言葉で語らず絵で語る藍原は、ミステリアスな孤高の芸術家とみなされるようになった。これがまた、一層美術ファンの心に火をつけた。

「藍原先生は人嫌いでしたから、美術ファンがそんなふうに見ているのも知らず、ただ黙々と絵を描いておられた」

篠木はのんびりと、落ち着いた声で話した。

「そんな彼も、絵の売買取引の際だけは、しぶしぶ画商と話し合いをしてくれました。私は二十年取引して、ようやく少しだけ信頼を勝ち得ましてね。この画廊で個展を開きました」

二十年という月日に、霧嶋は呆気にとられた。藍原がいかに警戒心の強い人だったか、ひしひしと伝わってくる。

時間をかけて、藍原の機嫌を伺い、個展を開催させた篠木は、それだけ藍原の絵を高く評価していたのだ。

霧嶋は、篠木の根気強さに嘆声を漏らした。

「すごいですね。それではあなたは、藍原さんの貴重なご友人だったと」

「いやあ、それがね。二年ほど前に、トラブルを起こしてしまいまして……藍原先生から絶縁されてしまいました。自宅を訪ねても出てこないし、電話番号も、今では繋がりません」

篠木は困り顔で、ははは、と力なく笑った。

「すみませんね。そんな事情だから、直近の彼の様子は知らないんです」

霧嶋と瀬川は顔を見合わせた。瀬川がぼそっとぼやく。

「少し親しくなるまでに二十年かかったのに、崩れるのはほんの一瞬かよ。気難しいなんてもんじゃねえな」

「トラブルというのは、なにがあったんですか？」

霧嶋がメモを取りつつ聞くと、篠木はこれまた困った顔で笑った。

「私が評論文を書いた、雑誌の記事が原因です」

「ああ、記事、読みました！」

「私の画廊で藍原先生の個展を開いた、翌年。私は出版社の依頼を受けて、藍原先生の絵の評論文を書きました。藍原先生の許可は取って、画像の掲載もＯＫを貰いました」

雑誌の編集は順調に進んだが、最後の最後でトラブルが発生した。

「出来上がったものを藍原先生に献本したら、彼は膝から崩れ落ちて沈み込んでしまったんです。私が選んで記事に載せた作品の画像が、先生にとって、納得のいかない絵だったそうで……」

掲載されたくない絵が記事に載ってしまったのを藍原自身が知ったのは、雑誌が刷られたあとだった。ここまできてページを削除するわけにはいかず、藍原の希望は受け入れられることなく、雑誌は出版されてしまった。

霧嶋は自分も見た記事を思い浮かべ、首を傾げた。

「どれも良い絵でしたが、どの作品がいけなかったんでしょうか？」

「古い絵と新しい絵を、時系列順に並べたのが嫌だったそうです。たぶん、全盛期の頃の絵とこの頃の値が落ちている絵が並んでいるのが、彼のプライドを傷つけてしまったんでしょう。私も配慮が足りませんでした」

篠木は後悔を滲ませ、下を向いた。

「彼の心に傷をつけた私は、それ以降、取引に応じてもらえなくなりました。これまで築き上げてきた関係は、全てパアです」

家宅捜索では、藍原の自宅からは雑誌は見つからなかった。記事が気に食わなかった藍原は、雑誌を受け取らなかったか、もしくは処分してしまったのだろう。

藍原についてばかり尋ねる霧嶋に代わり、今度は瀬川が単刀直入に問うた。

「藍原さんの奥さんの、波恵さんとは面識ありますか？」

「もちろんあります。藍原先生は自分から顔を出さないので、奥さんを通じて連絡を取るくらいですよ」

篠木の視線が、瀬川に移る。

「なにせあのご夫婦は、私が引き合わせたようなものですし」

「そうなんですか！」

メモを取っていた霧嶋は、大急ぎでペンを走らせた。篠木は当時を思い浮かべ、語る。

「私の画廊で、藍原先生の個展を開催したと申し上げましたね。そこにやってきた女性が、後の奥さんですよ。カラスの絵の前で、魂を抜かれたように佇んでおられて」

「カラス？　よりによって、あんなかわいげのない鳥かよ」

瀬川の悪態に、霧嶋は即座に反論した。

「意外とかわいいですよ」

「なんでお前が怒るんだよ」

揉めはじめる刑事ふたりに、篠木が苦笑いで言う。

「藍原先生は、嫌われ者のカラスも丁寧に描いておりましたよ」

それから彼は、絵を見ていた波恵を回想した。

「波恵さん、カラスの絵にそれはそれは心を奪われているご様子でしてね。私はお声がけして、絵の解説をしたんです。すると『どうにかしてこの絵の作者に会わせてほしい』と泣きつかれましたよ。『絵を買いたい』ではなく、『作者に会いたい』ですよ」

篠木は苦々しく、小さなため息をつく。

「あとで知りましたが、波恵さんは藍原先生の財産が目当てだったとか……」

それを聞いて、瀬川は言葉を選ばずに言い放った。

「資産価値の高い絵を買うんじゃなくて、描かせるという発想になったんだな。つくづく強欲な奴だ」

その隣で霧嶋は、篠木の話をメモに書き留めていた。最後の一字を書くと、見かねたように瀬川が篠木に会釈した。

「お話ありがとうございました。今後、なにか思い出したら連絡をください」

「ええ」

篠木が微笑み、立ち去る瀬川を見送る。霧嶋も瀬川についていこうとしたが、最後にひとつ、篠木に尋ねた。

「あの、藍原さんは人嫌いで、美術ファンからの評価も知ろうとしなかったんですよね」

「はい、そんな感じの人でしたよ」

「彼と取引をした画商の方々は、藍原さんに、販売価格に見合った正当な対価をお支払いして……いますよね？」

霧嶋の含みのある問いに、篠木は一瞬、笑顔を強張らせた。

藍原は人と話すことを嫌い、画商との契約も、必要最低限の会話しかしなかった。自分と画商の契約が、いかに自分に不利な内容でも、面倒事を避けたくて受け入れてしまっただろう。

もしも藍原が、自分の絵の価値を理解していなかったら。自分の絵を過小評価していたら。絵が高額で売れていることを、知らなかったら。

藍原に支払われる取り分を割安にされていても、気がつかなかったもしれない。

篠木は、ははは、と乾いた笑いで返した。

「ご本人にご納得いただいた契約内容です」

「……本日は、ありがとうございました」

どんな契約内容だったとしても、たとえ藍原が画商の食い物にされていようとも、藍原自身が承諾してしまったのなら、霧嶋にできることはなにもない。

霧嶋は篠木に頭を下げて、美しく広々とした画廊をあとにした。

＊＊＊

その夜、霧嶋はなるべく早く仕事を切り上げ、帰宅した。急いだ理由はもちろん、ラスカとの捜査のすり合わせである。

今夜のメニューは鮭のムニエルである。下味をつけて冷凍してあったそれを焼いていると、ラスカが訪ねてきた。

「毒殺の動機、わかったか？」

「情報は集めたけど、わかんなかった。波恵さんは相変わらず黙秘してる」

「こっちも、夫婦を客観的に見てた奴に話を聞いたけど、一層謎が深まっただけだった」

ラスカがキッチンに近寄る。そんな彼に、霧嶋はフライ返しの先を突きつけた。

「来るな。キッチンは僕の聖域なんだ」

フライ返しを鼻先すれすれで突き出され、ラスカはぴたりと立ち止まった。

「なんか手伝おうかと……」

「さしずめつまみ食い目的でしょ。これ以上入ってきたらカラス田楽にするぞ」

霧嶋に威嚇され、ラスカはすごすごと引っ込んだ。おとなしくダイニングの椅子に腰掛け、霧嶋の後ろ姿を眺める。フライパンからジュワジュワと音が立ち、バターの香りが漂う。霧嶋はフライパンの隣のコンロで、クリームソースを温めはじめた。

「ごはんができるまで、お互いの調査結果を共有しよう。まず、ご夫婦を客観的に見てた人って、誰？」

そうして、ラスカはフロウから聞いた夫婦の様子を、霧嶋は篠木から聞いた一連の事実を、互いに伝え合った。

　それぞれの情報が共有される頃、ムニエルが焼き上がり、スープとサラダも食卓に並んだ。

「共通してるのは、藍原さんがかなり気難しい人だったという証言だね。人と関わるのが極端に苦手だったみたいだし、一度不信感を持つと、もう取引しなくなる。奥さんも大変そうだったと」

　霧嶋がムニエルにフォークを入れる。

「『僕に他人は必要ない。絵だけ描ければいい』って言ってたくらいだもんね。ずっと周囲の人に馴染めずに、七十五歳まで来たのかもしれないな」

　藍原は人と関わらず、ひたすら絵に向き合い続けた。藍原には、絵しかなかった。

　霧嶋がムニエルにソースを絡める。

「そんな孤独な画家のもとへ、波恵さんが現れた」

「個展開催までに二十年かかるほどの人嫌いのジジイが、出会って三年程度で結婚、か」

　藍原の性格を鑑みると、単に若い妻が欲しかっただけ、とは考えにくい。霧嶋はちらりと、キッチンに目をやる。人と関わりを持たない代わりに、絵に全てを費やす藍原にとって、アトリエは聖域だっただろう。そこに一緒に暮らしていた波恵は、特別な存在だったのだと窺える。

「これまで、波恵さんの目的にばかり注目してたけど、こうして調べていくと、不思議なのは夫のほうかもしれないね」

霧嶋がムニエルを口に運ぶ。

「ずーっとひとりぼっちで、その生き方を好んで選んだ人が、どうして突然波恵さんを受け入れたんだと思う？」

問われたラスカは、フォークを片手に考えた。

気難しく、人間不信で、金に執着がない。衣食住にもこだわりがなく、鳥の絵を描くことにしか関心を示さない。そんな彼が、老後、突如現れた女に惹かれるとしたら。

ラスカは、フロウの言葉を反芻した。

『なんでしょうね。臭い言葉で表現するなら、〝愛を感じた〟とでも言いましょうか』

「……理解してくれた、のかもしれない」

「うん？」

霧嶋はフォークを止め、ラスカの伏し目がちな顔を見る。ラスカは訥々と、考えを口にした。

＊＊＊

翌日、取調室に霧嶋と瀬川の姿があった。瀬川が机に肘を置き、高圧的に問う。

「あんたな、いつまで黙ってるつもりか知らねえけど、さっさと話してくれよ。なんで殺害に至ったのか。大方わかっちゃいるけどよ。こっちは調書取んねえといけねえの」

彼らの向かいには、くたびれた顔の女がいた。

痩せこけた顔に、口角の下がったかさついた唇。数本の白髪が交じった髪にハリはなく、据わった目は伏せ、正面の霧嶋たちを見ようともしない。座り心地の悪い椅子で身を縮こまらせているこの女が、夫殺害の容疑をかけられている、藍原波恵である。

波恵は口を結んでいた。話す気配がない波恵に、今度は霧嶋が話しかける。

「僕らなりに考えてみました。あなたが資産目的で藍原さんを殺害した……以外の理由」

最後のひと言に、瀬川が霧嶋を一瞥した。霧嶋はラスカとの会話を、頭の中に思い浮かべていた。

昨日の晩。ラスカはムニエルをフォークで解しつつ、もそもそと語った。

「人嫌いの偏屈ジジイが、短期間で心を開くなんて、相当ジジイに理解のある奴じゃないと無理だ」

「うん」

「でもジジイは人と喋んねえから、なに考えてんのかわからない。あのジジイには絵しかない。だから、絵の中に込めたジジイの腹ん中の想いを、汲み取ってやれる人じゃないと、信頼関係を築けない」

「うん」

波恵は、〝汲み取ってやれる人〟だった。画廊に飾られた絵から、なにかを感じ取ったのだ。彼女自身にはうまく言語化できなかったかもしれないが、篠木から絵の説明を受け、その絵の持つ意味を理解した。

「ジジイが絵でなにを訴えてたのか、俺にはわからねえ。だけどたぶん、それが妻がジジイに惹かれた理由だし、ジジイがそいつを受け入れた理由だ」

ラスカは言葉を探り探りに、それでいてどこか確信めいた言い方をした。霧嶋はしばしラスカを眺め、やがて再び、フォークをムニエルに差し込む。

「僕が千晴さんと結婚した理由、『よく笑うから』だし、なにが理由になるかなんて、人それぞれだよね」

藍原はひとりぼっちだった。波恵もまた、殺人未遂を犯してから、ひとりになった。ひとりぼっちで構わなくても、実生活ではそうもいかない。特に藍原は歳を重ね、老後の生活について不安もあっただろう。

霧嶋はうん、と頷いた。

「藍原さんも、自分をわかってくれるこの人となら、支え合えると思ったのかもしれないね」

「勝手な想像ですけど、僕は、あなたが藍原さんを大切になさっていたのではないかと思っています」

取調室の冷たい静寂の中、霧嶋は波恵に語りかけた。

「篠木さんの画廊に飾られたカラスの絵を見て、あなたはなにか感じたんですよね」

波恵はまだ、下を向いている。瀬川が進まない取り調べに苛立ち、貧乏揺すりを始めた。無言の波恵に、霧嶋が続ける。

「月並みな感想で恐縮ですが、僕は彼の絵を見て、鳥が自由に飛ぶ姿を美しいなと感じました。決して華やかな色の鳥ばかりではないんですが、その自然体な暮らしぶりが感じられて、そこが『きれいだ』と思いました」

そこでハッと、波恵が顔を上げた。閉ざしていた口を少しだけ開け、なにか言いたげに霧嶋を見つめ、そしてまた口を閉じた。霧嶋は、彼女のペースを待った。

「あなたは、絵を見て藍原さんからのメッセージに感銘を受けて、藍原さんという人間に会いたくなった」

指を組み、問いかける。

「藍原さんのカラスの絵を見て、どんなことを感じましたか？」

波恵は霧嶋を眺め、口を開けては閉じた。苛立っていた瀬川は、これまでと違う波恵の反応を見て貧乏揺すりをやめ、霧嶋は、ひたすら波恵の返事を待った。

長い沈黙ののち、波恵は、は、と短く口から息を吸った。

「鳥の見た目の美しさとか、他人からどう評価されているかではなくて、彼はただ、庭に訪れるありのままの鳥たちの姿を描いていました」

これまで口を閉ざしていた波恵が、ようやく、言葉を発した。

「カラスは、害鳥として人から嫌われる。ゴミや農地を荒らすから。でもそれは、自然界の死骸や食べ残しを餌にして、環境を整えてる生き物だからという理由がある。人から嫌われようと、それが彼らの生きる理由で、生き方なんです」

あれだけ口を噤んでいた波恵が、堰を切ったように語る。

「私は罪を犯し、これまでの友人や知人を一瞬で失いました。代わりに手にしたものは、他人からの厳しい視線です。やったことがやったことですから当然ですけれど、それでも生きていかなくてはならない」

殺人未遂の前科を持つ波恵は、働き口に困った。周りから人が離れ、頼れる人ももういない。そんな波恵の日々がいかに苦しかったか、霧嶋にも想像がついた。罪を犯したのだから仕方がないと、波恵自身もわかっていても、目の前の苦しみは彼女の体を蝕んでいく。

「画廊に入ったのは、なんとなくでした。無料で入れたので、深く考えもせず、ただ時間を潰すためだけに、件の個展に入場しました」

そこで波恵は、運命的な出会いを果たした。

「私は……彼の描くカラスの姿に、心を奪われました。他人からどう思われようと、精一杯生きる。そんな生き方もあるのだと、気づかされたんです」

霧嶋の頭の中には、雑誌で読んだ解説が浮かんでいた。

『人間のように泣いたり笑ったりしない鳥の顔は、無表情であるがゆえ、どこか毅然として生きているように見える』

害鳥扱いされても、真っ黒な見た目で偏見を持たれようとも、カラスに人間の都合は関係ない。そんな逞しさを、藍原は絵の中で表現し、波恵に教えてくれた。

「人を殺そうとした私と、自然のままの鳥とでは、全く違いますけど……。私も、そんなふうに生きられるかもしれないと思えたんです」

藍原に描かれた庭の鳥たちは、その日その日を生きることを目的として、日々を過ごしている。その自然のありのままの姿が、彼らの小さな命を輝かせている。

人間社会は時に、世間と自分との差を考えすぎて、思い詰めてしまう。藍原正宗の絵は、そんな人々にこそ響くのだろう。

絵に人生をひっくり返され、波恵の感情は一気に昂ぶり、その衝動を抑えられなかった。自分を勇気づけてくれた絵の作者、藍原に直接お礼を言いたくて、篠木に彼と引き合わせてもらった。

「彼はもちろん、私を警戒していました。でも、私が前科について話をし、あなたの絵を見て希望を貰ったのだと伝えると、会ってくれるようになりました」

ラスカの言葉が、霧嶋の脳裏を過る。

『理解してくれた、のかもしれない』

自分には絵しかない。金持ちに消費されるだけの絵を、ただ生産するだけの機械だった。人とうまく付き合えなかった藍原は、自らを、人になにかを与えられる人間ではないと思っていた。自分自身の存在価値を、制作することにしか見いだせない。

そんな彼の絵を、値段でも、流行でもなく、己の価値観で愛してくれる人が現れた。自分の絵が、ひとりの女性に、生きる勇気を与えたのだ。

それは藍原にとっても、世界の色が変わるほどの出会いだった。

霧嶋は、穏やかな声で問いかけた。

「藍原さんは、『自分には絵しかない』と思っていらっしゃったそうですね。彼は絵だけの人でしたか？」

「まさか。そんなことありません。彼は生き物に真摯に向き合い、思いやる人でした」

波恵がそう答えると、霧嶋の頭にふわっと、アトリエから臨む庭の景色が蘇った。

鮮やかな木々の色と風に揺れる木の葉、模様を変える木漏れ日、囀る鳥。油絵の具の匂い、差し込む光の柔らかさまで、記憶に鮮明に焼きついている。

波恵の声が震える。

「たしかに彼は、気難しくて繊細だった。だけれどそれは、真剣だからなんです。鳥たちの姿を表現するべく、身を削って苦悩してひたすら絵に情熱を傾けた、誇り高き芸術家だから」

藍原を誰より見ていた、波恵だけは知っている。

「彼が取り乱すときは、私が支えればいい。あの人が好きな紅茶を淹れて、私が笑顔で隣にいれば、彼はもう一度絵に向かってくれる」

かつてどん底まで沈んだ彼女が、自分の絵をきっかけに生き方を見つけ、笑顔でそこにいる。その事実に、藍原はどれだけ救われただろう。

「誤解されやすいのは、これまで話す人がいなかったせい。彼の温かみに、誰も、本人すらも、気がつかなかっただけ。自然のままを受け入れる、優しい人です。こんな私も、ありのままで、そばにいさせてくれた」

ガラスの向こうの庭の景色を眺め、キャンバスに向かう藍原。苦悩する彼のもとへ、波恵は微笑みを携えて紅茶を運ぶ。油絵の具の匂いと紅茶の匂いが緩やかに混ざり、孤独同士だった夫婦が寄り添う。そんな風景を、霧嶋はその場にいたかのように思い描けた。

一度道を踏み外した波恵に、居場所をくれた藍原。

不器用な藍原を、誰よりも理解していた波恵。

年齢も生きてきた背景も全く異なるふたりだったが、運命的に噛み合った。お互い生きるのがうまくはなかったが、ふたりなら、支え合ってこられた。

「私を初めて許してくれたこの人が、望むなら……」

波恵はそこまで言いかけ、嗚咽を漏らした。目からぽろっと、透明の粒が零れ落ちる。

霧嶋は波恵の疲れた顔を見つめ、小さく深呼吸した。

これほど愛している相手を、金目的で殺すはずがない。

「僕ら警察には、想像しかできない。波恵さんの言葉で、教えてくれますか」

「……彼は……」

波恵はしゃくり上げ、言葉を途切れさせた。

「歳を取ってから目が悪くなり、手も、震えるようになって。昔ほど、絵に自信を持てなくなっていたそうで」

それは、古い絵と近年の絵を並べられると、ショックで心を閉ざしてしまうほど。

「年齢を重ねれば、体が不自由になっていく。病気も増えてきて、痛みと付き合いながら生きていくのがつらいと。なにより、絵を……年々描けなくなっていくのが、なによりつらい、と」

彼は、描いたものの価値が、自分の価値だと思い込んで生きてきた。波恵と出会って、自分でも気づいていなかった自分の側面を知ったとしても、長年染みついている感覚は、そう簡単には変わらない。

自分自身の存在価値を、制作することにしか見いだせない。なにも作っていない自分は、全くの無価値のような気がして――。

「自分の価値は絵だけだという彼は……このまま完全に、絵を描けなくなる前に……」

波恵の声はもう、涙で歪み、震えて掠れていた。

「私が愛した、芸術家のままで……いさせてほしい、って……」

取調室の冷たい空間に、涙声がしんと、吸い込まれる。

「最期に、いつもみたいに、紅茶を淹れて……隣で笑っていてほしい、って……」

波恵の言葉は、途中から声にすらなっていなかった。ぼろぼろと涙を零して啜り泣く彼女を、霧嶋は黙って見つめ、胸の痛みに耐えていた。

＊＊＊

「波恵さんね、あのまま死刑になりたかったんだって」

波恵の自白から数日後。少し日常が落ち着いてきた霧嶋は、久々に夕飯時に帰宅した。

ラスカが希望した鯛の野菜餡かけを作りつつ、彼は語った。

「紅茶に毒を入れて夫を殺した、という事実だけ警察に伝えて、あとは裁かれて死ぬだけ。それでよかったんだそうだ」

「そうか」

ラスカは霧嶋の後ろ姿を、ダイニングテーブルから見ていた。霧嶋は、野菜をフライパンで炒める音を聞いている。

「動機を話してしまうと、罪が軽くなってしまうかも、とでも考えたのかな。それとも、ふたりだけが知っていればいいと思って、話したくなかったのかな。どっちにしろ、聞いちゃったけど」

「真相を明かさず、自分だけ満足して、それでいいのかよ……。たしかに、夫殺しは事実だ。だけど、なんも知らねー奴から、金目的でジジイ殺した最低な奴だって誤解されて、勝手な憶測で袋叩きにされて」

波恵が真実を語らなかったから、世の中は波恵を夫殺しの悪魔とみなした。攻撃してもいい恰好の的として、外野に散々誹謗中傷の言葉を吐かれていた。

こうしている今も、藍原夫婦を知らない人々が、ふたりを経歴だけで知った気になって波恵を攻撃している。真実は蚊帳の外である。

不機嫌面のラスカに、霧嶋はそうだね、と柔らかに返した。

「僕ら警察も、波恵さんの過去のイメージで決めつけてた。ラスカが残留思念の表情に気づかなかったら、僕も誤解したままだった」

波恵の涙を見た霧嶋も、ラスカと同じ気持ちである。ラスカは眉間に深く、皺を刻んでいる。

「ムカつく。ごちゃごちゃうるせえ奴らも、それに言い返さない奴も」

「悲しいよね。波恵さんを攻撃してる人たちは、今は騒いでても、どうせすぐ忘れるくせにね」

霧嶋は香ばしい匂いを漂わせる野菜を、木ベラでかき混ぜていた。

「でもさ。『他人からどう思われようと、構わない』……それがあの夫婦が辿り着いた答えだった。波恵さんは、他人の御託なんかどうだっていいんだ」

あのガラスのアトリエは、ふたりだけの空間だった。そこで起こった出来事も、ふたりだけが知っていればいい。誰にも話さず、波恵の中で隠しておきたかったのかもしれない。

ラスカはまだ納得できなかった。顔も知らない群衆が、なにも知らずに波恵を攻撃しているのが、なんとも気に入らない。義憤に見せかけて、単に日々の鬱憤を晴らすために利用しているのだと透けて見えるのが、たまらなく不愉快だった。

しかし波恵の判断であるなら、ラスカにどうにかできるわけではない。彼はテーブルに、頬杖（ほおづえ）をついた。

「で、死刑になんの？」

「確定ではない。それは司法が決める」

「それもムカつくんだよ。死にたいから死刑を利用するなんて」

さらに機嫌の悪そうな声色のラスカを、霧嶋はちらりと振り返り、またフライパンに視線を戻した。片栗粉（かたくりこ）を加えて、とろみをつける。

「でもさ、気持ちはわからなくもないんだよね。生涯で唯一だと思っていた人を失ったら、なにもかもどうでもよくなる。その人がいない世界なんて、生きていても寂しいだけなんだ」

そのやけに落ち着いた口調に、ラスカはぴくりと眉間に皺を寄せた。

「あんたは、今も寂しいのか」

「寂しいよ」

霧嶋は即答した。

「この先どんなに長く生きていても、どうしたって千晴さんにはもう会えない。そんなこと考える暇もないくらい忙しければ、惰性で日々をやり過ごせるけど、ふとした瞬間、ああ、もういないんだって、変に実感してしまう」

最愛の人を失う痛みと、遺されて生きていく虚しさを、霧嶋はよく知っている。彼はラスカは黙って目を伏せた。霧嶋の心の傷は、どうしたって癒えることはない。彼は一生、悲しみと隣り合わせで生きていくつもりでいる。

霧嶋はラスカの顔を見ずとも、彼がどんな顔をしているのか、想像がついた。

「寂しいけど、最近は少し、気が紛れてるよ。仕事が忙しいし、紬ちゃんはうるさいし……君もいるからね」

一生、悲しみと隣り合わせでも、心が折れないように、なにかで補強する。心の穴は埋めなくても、他でバランスを取っていく。波恵と霧嶋の大きな違いは、そこだった。

霧嶋は餡かけを煮込みつつ、なんとはなしに言った。

「そういえば波恵さんが、カラスがゴミや農地を荒らすのは、自然界の死骸や食べ残しを餌にして、環境を整えてる生き物だからだって話してた。ラスカが掃除うまいの、カラスなのに意外って思ってたけど、むしろカラスだからうまいのかな」

「違う！　カラスじゃねえし、掃除は誰かから言われて始めたっつったろ」

カラス扱いされて怒るラスカを、霧嶋は、ははと軽やかに笑った。

「その〝誰か〟は思い出した？」

「それは……」

ラスカは急に声のトーンを落とし、徐々に下を向いた。相変わらず、死神初日より前の日々を思い出せない。霧嶋から問われない限りは、思い出そうともしない。

黙ってしまったラスカを、霧嶋は一瞥した。

「ラスカさあ、君、やっぱり人間だった過去があるでしょ」

「あ？」

「だって君、人間よりもずっと、人の気持ちを考えるのが上手だもの」

残留思念の表情を見落とさず、藍原夫婦の気持ちを探り、真実を導き出す。真実を知ったところでラスカにはなんの得もなかったが、ラスカは誰よりも、ふたりの心の内を大切にしていた。

「生まれたときからずっと死神で、機械的に残留思念を探してるだけだったら、そうはならないよ。もっと人の死、人生に、ドライになると思う」

霧嶋が煮込んだニンジンの硬さを確かめつつ言う。ラスカはふいっと、そっぽを向いた。

「知らねえ。興味ねえし」

「僕が興味あるんだよ。残留思念の謎は解くのに、自分の謎は見ないふりなんて、不公平だよ」

霧嶋はいたずらっぽく言ってから、あっさり諦めた。

「まあ、わからないことを聞いても仕方ないか。思い出したら教えてね」

そしてゆっくりと、目を閉じる。

「それよりさ、藍原夫婦の好きだった紅茶、買ってきたんだ。食後に淹れよう。君も付き合ってよ」

まばたきをすると今でも、ガラス越しの庭の風景が、瞼の裏に浮かぶ。色鮮やかな緑と鳥が見えるあのアトリエは、世の中の理不尽からも他人の目からも切り離された、あの夫婦だけの世界だった。

file. 4　死神の覚悟

　北署の廊下に、男の呻き声が響いている。そこには、制服の警察官に連れられた、青年の姿があった。

「う、うう……ごめんなさい」

「謝るくらいなら、初めからやらないでくださいよ」

　嘆く青年に呆れ顔をするのは、地域課の駒木田(こまきだ)だった。交番に配属されている、いわゆる〝地域のおまわりさん〟である。

　その駒木田の前では、痩せた若い男が俯いている。廊下の椅子に座り、腰を屈めて啜り泣く。伸びた前髪で片目が隠れた、暗い空気を背負う青年だった。

「でも、俺、もう死ぬしか……ないと思って……」

　通りすがりの霧嶋は、その言葉を聞いて、はたと立ち止まった。なにか思い悩んでいるのであろうその男の声に気を取られたのは、たまたま隙間時間があった霧嶋の、気まぐれだった。

　ふたりのほうへ歩み寄り、霧嶋は駒木田に会釈した。

「駒木田くん。お疲れ」

「あ、霧嶋だ。お疲れさん」

このふたりは、警察学校時代からの同期である。疲れた顔をする駒木田に、霧嶋は尋ねた。

「この方は？　なんか、ただならぬ様子だけど……」

「電車が来てるときに、ホームから線路に飛び込んだんだよ。幸い、電車が緊急停車して事なきを得たけど」

駒木田は声を潜め、霧嶋に話した。霧嶋は俯く片目の男に目を落とした。飛び込み自殺を図ったとは、大きな事情があったのだろう。

と、その青年の顔を見て、あっと声を上げた。

「若里さん」

「へ……」

名前を呼ばれた青年は、間抜けな顔で霧嶋を見上げた。駒木田も驚いた顔で、霧嶋を振り向く。

「なに？　知り合い？」

「いや、知り合いってほどじゃないけど、一度お会いしてるんだ」

霧嶋はにこっと、嘆く青年に笑いかける。

「覚えてますか？　お仕事先の喫茶店にお邪魔した刑事です。結局お話しできませんでしたから、覚えてなくても仕方ないですけど」

駒木田が連れてきた青年——それは、女子大学生が殺された事件で、被害者と同じバイト先で働いていた若里だった。ホールバイトの女性たちが「見ればすぐわかる」と話していた顔は、霧嶋の記憶に残っていた。バイト時は前髪をキャップの中に入れていたが、長い前髪を下ろしても、その薄暗い雰囲気はそのままである。

「へえー、不思議な縁があるもんだ」

駒木田はびっくりして、若里に向き直った。

「若里さん、そこで待っていてくださいね。これからお話がありますから」

「はい……」

若里が震えながら頷く。駒木田が背を向けて去っていくのを見届けると、霧嶋は、若里の前にしゃがんだ。

若里は、バイト先の仲間から冷ややかな視線を浴びせられていた。彼が日頃抱えていた生きづらさを思うと、ふらっと死にたくなってしまった気持ちを想像するのは難しくない。

自分にどうにかできるとは思えないが、放ってもおけない。ひとり打ち震える若里に、霧嶋は問いかけた。

「どうして死にたくなっちゃったんですか？」

「刑事さんには、俺の気持ちなんかわからない」

若里が、掠れた声で答えた。霧嶋は、言葉を詰まらせる。それから少しの間のあと、口を開いた。

「話したくないなら、無理には聞きません。でも、どうしたのかな、って思って」

子供に話しかけるような優しげな声を受け、若里は小さく呼吸を整えた。温もりのある対応の霧嶋に、彼は少しだけ、心を開いた。

「変な刑事さんですね。俺なんかに構って」

若里は、自嘲的に目を伏せた。

「ホールの子たちと話してたし、俺が職場でどんな扱いを受けていたか、知ってますよね。だから気にかけてくれるんですか？」

「犯罪者っぽい顔」——若いバイトたちの嘲笑が、霧嶋の脳裏に蘇る。

若里は、はは、と力なく笑った。

「悲しいけど、ああ言われてしまうのも仕方ないんですよ。見てのとおり、俺は陰気で、いるだけで場の空気を悪くしてしまうから」

ひとつ、彼はため息をつく。

「刑事さん、俺は正真正銘のダメな奴なんです。自分の人生がつまらないだけじゃない。他人の人生まで、壊してしまった」

そうして、彼はかつての過ちとその後悔を語った。

若里はかねてから、周囲から距離を置かれていた。そんな彼だったが、転々としていたバイト先のひとつで、初めて〝友人〟と呼べる人間と出会った。周りが若里を避けようとまるで気にせず平然と若里に話しかける、ある種、空気の読めない男だった。

若里が高熱を出した日に、彼は自宅に見舞いに来た。

「バイト先のリーダーに頼まれて書類を持ってきたついでに、食料とか薬とか、差し入れしてくれたんです」

性格はかけ離れていたし、共通点もない。だが、悪意もない。若里は彼との距離感が心地よかった。

「でも、せっかく来てくれたそいつと、口論になって……。俺が悪いんだ。熱に浮かされて変なこと言ったから」

霧嶋の背後を、またひとり、同僚が通り過ぎる。若里の前髪の隙間から覗く目は、悲しそうであり、自嘲的でもあった。

「『もうやり直せない』と、絶望しました。いてもたってもいられなくて、外へ飛び出した。このまま死んでしまおうって、頭の中はそれだけだった」

若里は衝動的に家を出て、山奥へと走った。

「けど直前で恐怖が勝り、来た道を引き返した。熱で思考がおかしくなってたかも、って、冷静になったんです」

ところが、彼を待っていたのは、次の絶望だった。

「見舞いに来てくれたあの人は……いなくなっていました。たぶん、俺が死ぬんじゃないかと心配して、捜しに行ってくれたんです。でも、彼はそれきり、行方を晦ませました」

いつの間にか霧嶋は、固唾を呑んで聞き入っていた。

見舞いに来た友人からしてみれば、口論の末に、相手が自殺を仄めかして飛び出したのだ。それも、高熱に苦しんでいた病人だ。どれほど焦っただろうか。自分のせいで若里が思い詰め、死ぬかもしれないと思ったとき、冷静でいられるだろうか。

若里を捜して、彼も危険な場所へ踏み込んでしまったかもしれない。

「最悪ですよ。生きていてもなんの役にも立たない俺が生き残って、優しいあいつが帰ってこない。それも、こんな俺のせいで」

若里は、声を震わせた。黙って聞いていた霧嶋は、しばし口を開けなかった。

一体どれほど激しい口論だったのか、霧嶋にはわからない。だけれどそれは、彼が衝動的に自殺を考えるほどの大きなショックだった。

死にたい気持ちは、本人にしかわからない。

霧嶋自身も、千晴を喪（うしな）ってしばらくは、この世から消えてしまいたかった。今でも、意識してしまうと息をするのも苦しくなる。立ち直らなければならないというのが正論だとわかっていても、受け入れられない。

若里の気持ちを、少しだけ、わかってしまった。

「事情はわかりました。そして、やっぱりなおさら、死んではいけない人だなと思いました」

霧嶋は、言葉を探った。

「あなたのために命懸けで捜しに行った人がいる。その価値があるだけ、あなたは魅力的な人なんですよ。大切なご友人が、そう判断してるんです」

「あ……」

若里が、前髪の隙間の目を見開く。霧嶋は小さく頷いた。

「様々な事情で、追い詰められてしまったかもしれません。でも、死ぬ以外にも道はありますよ。少なくともあなたは、あなたが卑下するほど、〝やり直せない〟人じゃない。と、僕は思います」

こんな安っぽい言葉で、若里の気が変わるとは思えない。彼が長い時間抱えてきた気持ちは、簡単には覆らない。霧嶋はそう思ったが、彼なりに考えてそうとだけ伝えた。

「すみません、余計なお世話だったかもしれませんが、これが僕の気持ちです」

苦笑する霧嶋を、若里は、しばし呆然と見つめていた。やがて、大きくうなだれる。

「ありがとう、ございます」

両手の指を組み、ぎゅっと、自身の手を握りしめる。

「少し、楽になれました」

そこへ、書類を持った駒木田が戻ってくる。

「おっ、霧嶋、見ててくれたのか。悪いな、お前も忙しいのに」

「ううん、僕がお喋りに付き合ってもらってただけ」

霧嶋は立ち上がり、若里に手を振った。

「それじゃ、失礼します」

「はい！」

顔を上げた若里は、先程よりも少し、目が覚めた表情になっていた。

＊＊＊

とある土曜日の夕方。夕飯を作る霧嶋のもとへ、ラスカが来ていた。霧嶋はキッチンで機嫌よく料理をしている。

「今日は本来休日だからっていう理由で、いつもより早めに残業切り上げさせてもらったんだ」

長時間残業も休日出勤も当たり前になっている霧嶋に、ラスカは哀れみのような心配のような目を向けた。

「過労で死ぬなよ。あんたの残留思念なんか回収したくねえからな」

「あはは！　そんなこと言わずに、優しくあの世へ案内してよ、死神さん」

今夜のメニューはビーフシチューである。凝り性の霧嶋としては本当はもっとじっくり煮込みたいところだが、時間を取れないので文句を言いながら妥協している。

ラスカは部屋の掃除を終えて、リビングのソファに座っている。膝を抱えるラスカを見て、霧嶋はふと、職場に出現した女の死神を思い出した。

「死神といえば、この前、署に死神が来たよ。ラスカのこと心配しながら面白がってる人」

それだけでラスカは、この死神が誰なのか想像がついた。霧嶋は楽しげに具材を切り分けている。

「来たのは『夢の女神の会』事件のときだから、ずいぶん前だな。気に食わないけど、気が合いそうな人だった」

「気が合うのに気に食わないんじゃ、そういうの、同族嫌悪って言うんだぞ」

「ははは。でね、その人に……」

ラスカを甘やかしすぎと、叱られた。

霧嶋が遭遇した死神――フロウは、霧嶋に死神の掟について話し、ラスカと関わりすぎないようにと忠告してきた。霧嶋はラスカに、関わり方を見直そうと提案しようとした。しかし途中で呑み込んでしまい、言えなかった。

仮に提案したところで、ラスカが美味い飯と都合のいい拠点を簡単に手放すわけがない。霧嶋はそう思い直した。頭の中で、関わり方を変えたくない言い訳をラスカに転嫁し、話題をずらす。

「その死神も、死神になる前の記憶がないって言うんだ」

「ふうん、そうなのか」

ラスカは歯牙にもかけない態度で返事をした。

フロウはラスカ同様記憶がなく、そして自分の過去に興味を示さなかった。霧嶋には、それが不思議でならない。

「ある点からぱたっと記憶がないなんて、こんなに不自然なのに、なんで気にならないの？」

「なんでって、どうでもいいから」

「どうでもよくない。この前、名前も本名じゃないって言ってたでしょ。せめて自分の名前くらい知りたくない？」

霧嶋は一層疑念を募らせた。死神たちが過去を思い出せないこと以上に、思い出そうとしないことが不自然だ。なんだかまるで、彼らが思い出してしまわないよう、何者かにコントロールされているかのようにすら思える。

「僕なりにひとつ、仮説を立ててみた」

切られた具材が、鍋に投下された。

「ラスカ、君はもしかして、一度死んでるんじゃない？」

「……は？」

その瞬間、ラスカの胸がずきっと痛んだ。全身を寒気が襲う。

膝を抱えるラスカが、目だけ霧嶋に向けた。霧嶋は手元を休めず、料理を続けている。

「この前会った死神さんは、数十年単位で外見が変わってないそうだ。たぶん、死神になったその瞬間から歳を取らなくなってる」

それを聞いてラスカは、時間が止まったままになる残留思念を思い浮かべた。鍋からグツグツと、煮立つ音がする。

「ラスカには、かつて人間だった頃がある。そしてなんらかのきっかけで死神になり、そのとき、人間だった過去の記憶を抹消されたんだと仮定する」

「知らねえ」

ラスカは痛む胸をぎゅっと押さえ、素っ気なく返す。霧嶋は続けた。

「だとしたら、人間から死神になったのは、人間としての生が止まった瞬間。死が君を人間じゃなくして、代わりに死神に生まれ変わらせたんじゃないかな」

「死……」

自分は、もう死んでいる？

ラスカの頭の中に、チカッと、なにか映像が見えた気がした。暗い森のような場所の景色だ。強烈な不安を抱えて、一心不乱に、なにかを捜している。

胸を押さえるラスカの手に、力が入る。息が苦しくなってきた。彼はもう一度、繰り返す。

「知らねえ」

心臓が早鐘を打つ。自分はたしかに暖かい部屋の柔らかいソファの上にいるのに、暗闇の森を走っているような感覚が、体を駆け巡る。チカチカと、映像が見えては消える。これは自分の記憶なのか。その場所に覚えはないのに、どこかで見たような気もする。しかし死神の身体能力をもってすれば、もっと速く走れるし、地面なんか走らなくても木を飛び移れる。それなのに、一歩一歩落ち葉を踏みしめて、足を止めず夢中で走っている。

森の中を散策するその人物の心情に、呑み込まれそうになる。ラスカは身を縮めた。火から目を離さない霧嶋は、ラスカの表情に気づかない。

「でも、君はちゃんと生きてるんだよなあ。オバケじゃないし死体が動いてるって感じでもないし。残留思念が動いてるのかなって思ったけど、それなら僕には見えないはずだし。死んだ人が生き返って死神になるとも、ちょっと考えたくないな……」

「知らねえっつってんだろ。やめろ」

「仮に死んでるとしたら、どうして死んだのか気になるな。本当の名前も、あるなら知りたい」

「やめろ……！」

ラスカはぎゅっと目を瞑った。霧嶋の言葉は聞こえていても、頭が痛くて、入ってこない。じわりと汗が滲む。彼の言葉を、体が拒絶するようだった。

考えたくない。思い出したくない。思い出してはいけない。

ラスカの頭の中は拒否感で支配され、目が回ってきた。

そこへガチャッと、玄関の扉が開く音がした。

「秀一くん！」

弾けるような声が、玄関から聞こえてくる。ラスカはきゅっと顔を顰め、霧嶋は「おっ」と呟いた。ドタドタと足音が近づいてきて、部屋の扉が開け放たれた。

「ビーフシチュー！　と、聞いて紬参上！」

明るさの塊のような紬が飛び込んできて、霧嶋とラスカの会話は中断された。ふっと、ラスカを縛り付ける妙な拒否感も、軽くなった。

数秒の沈黙ののち、霧嶋から顔を背けていたラスカは、再び彼を振り向いた。

「おい。呼んだなんて聞いてねえぞ」

「あたしもラスカいるの知らなかった！　秀一くんとふたりっきりだと思ってたの

に！」

紬のほうも驚いている。両者を呼んだ霧嶋に、悪びれる様子はない。

「言わなくてもよくない？」

霧嶋としては、ラスカと紬の関係性は見ていて面白いので、わざと邂逅させている。

紬はぽんと、ラスカと隣り合って、ソファに腰を下ろした。

「なんかいつも以上に辛気くさい顔してるー。虫歯？　お腹痛い？」

「うっせーな、ほっとけよ」

ラスカは膝を抱き寄せた。まだ動悸は収まらない。霧嶋がさて、とレードルを鍋の中に置いた。

「あとは弱火で煮込むだけ。お風呂沸かしてこよ」

そう言い残して、彼はキッチンを出ていった。ソファに並んだラスカと紬が、その場に残される。

ラスカは、はあと小さくため息をついた。会話が止まったおかげか、胸の痛みが引いた。まだ変な汗が流れているが、寒気も落ち着いて、もう、気味の悪い景色も見えない。

ラスカは直感した。きっと、考えてはいけないのだ。自分が死神になる前のことを。自分の身に、なにがあったのかを。

血の気が引いたラスカの顔を、紬が覗き込む。

「大丈夫ー？」

暖かい部屋に、ビーフシチューの匂いがほのかに漂っている。ラスカはふいっと、紬から顔を背けた。

「なんでもない」

「普段から怖い顔してるのに、余計に険しくなってたからちょっとウケた」

紬が急に、ぷっと笑いだした。そっぽを向いていたラスカが、再び紬を振り向く。その顔には、眉間に深い皺が刻まれている。

「なに笑ってんだよ」

「あまりに悪人面なんだもん。ラスカもちょっとくらい笑いなよ。脇腹くすぐってやろ」

紬はけらけら笑って、ラスカの脇腹に手を滑り込ませた。ラスカはその手を払って抵抗する。

「やめろ！」

くすぐろうとする紬の手を払うラスカと、邪魔しようとするラスカの手を払う紬で、お互いに手をペチペチと叩き合う。戦いが白熱してきたところへ、風呂場から霧嶋が戻ってきた。

「えっ!?　ちょっと目を離した隙にまた喧嘩してる！」

日常風景を取り戻すうちに、ラスカの動悸と汗は緩やかに鎮まっていった。

＊＊＊

「はー、転職すっかな」

資料を捲りながら、瀬川がぼやいた。

「忙しすぎて帰れねえし、休みの日もいきなり呼び出されるから、娘を遊びに連れてってやれねえし」

「そうですね」

文句ばかりの瀬川に、霧嶋は短い返事をする。愚痴を零したい瀬川の気持ちはわかるが、今は資料探しに集中しており、半分聞き流している。

町はずれに不法投棄された冷凍庫の中から、老婦人の遺体が出てきた。冷凍やけで状態が悪く、顔もわからなくなっており、少なくとも死後五年以上は経過していると見られる。

刑事課のメンバーはそれぞれの班に分かれ、遺体の身元の確認を急いでいる。霧嶋と瀬川は、類似の事件を調べるべく、ここ数年間の死亡事件の被害者をチェックしていた。

数週間ぶりの休日中に呼び出しを食らった瀬川は、普段以上に機嫌が悪かった。

「不法投棄なら、冷凍庫を捨てた奴を追えばすぐ犯人わかるだろ」

「この冷凍庫、つい最近東区の古いアパートから運び出されてるのを目撃されてるみたいですね。この分なら、犯人はすぐにわかりそうです」

霧嶋があっさりと返事をするたびに、瀬川は一層苛立った。彼の澄ました態度が気に入らない。朗らかで愛想がよく、やや突っ走るところがあっても仕事の面でも優秀、そんな霧嶋は、どうも瀬川の鼻につく。

一方で、単に返事をしているだけの霧嶋は、瀬川のご機嫌など気にもかけていなかった。データを見ながら、ふと考える。

もしもラスカに人間の頃があり、その人間だったラスカが死んでいるとしたら、このデータベースの中にも出てくるのだろうか。もしも霧嶋の仮説が正しければ、ラスカは見た目の年齢、つまり霧嶋よりも歳下の若さで命を落としたと考えられる。

彼の身になにがあったのか。本当の名前はなんなのか。警察に記録が残っていれば、わかるかもしれない。

　しかし今は、追いかけている事件に手を焼くのに精一杯である。ラスカの件は警察が入るような死因であるか、そしてこの署の管轄内で起こっているのかも不明、第一自分の仮説が正しいかもわからない以上、闇雲に調べる余裕はない。

　霧嶋は伸びのついでに、窓の外を見た。昼下がりの空をカラスが飛んでいる。今日はまだ昼休憩を取れていない。霧嶋は一旦、資料を置いた。

「ちょっと席外します」

　瀬川にそれだけ断り、署の外へと出る。

　裏手の公園に出向くと、ひらひらと、噴水の縁にカラスが降りてきた。くちばしをもたげて霧嶋を見上げるそのカラスは、ラスカである。

「飯、食いそこねたか」

「よくある。それよりラスカ、ちょっと相談に乗ってくれる？」

　霧嶋は噴水の横にしゃがみ、ラスカと目線の高さを合わせた。

「不法投棄の冷凍庫から、遺体が出てきた。東区にあるアパートから運び出された冷凍庫だったみたい。遺体はまだ見つかったばかりで、ほとんど情報がない」

「ふうん」

「ラスカ、残留思念を調べてくれない？　顔の特徴とか、死ぬ直前どんな状況だったたかとか、残留思念を見ればわかるでしょ」

霧嶋はさっそく、ラスカを使って近道を試みた。しかしラスカは、つんとそっぽを向く。

「嫌だ」

「あらー、イヤイヤ期だ」

ラスカには死神のプライドがあり、あまり都合よく使っているとたまにこうして反抗してくる。霧嶋はこういうときの釣り方も、よく理解している。

「仕事が落ち着いたら、好きなもの作ってあげるよ。なに食べたい？」

「そういう問題じゃない。捜しても無駄だ。残留思念はもうない」

普段なら食べ物で釣れば簡単に動くラスカだが、今日はやけに頑なである。

「そんな昔の事件じゃ、ババアの残留思念なんかとっくに回収されてんだろ。この間の山の中みたいな見つかりにくいところだと長く残ってる場合もあるけど、今回は市街地だし」

「えっ？」

霧嶋は耳を疑った。ラスカはそのまま続ける。

「死んだ現場が建物の中だから、見つかりにくいかもしんねえけど。五年前なら大半誰か、他の死神が見つけてんだよ」

「待って、ラスカ」

霧嶋に待ったをかけられ、ラスカはぴたりと黙った。霧嶋は神妙な顔になっている。

「僕、まだ老婦人の遺体だったなんて言ってないし、五年前のものとも言ってない」

途端に、ラスカの羽毛が膨らんだ。霧嶋の声に、緊張の色が差す。

「まして、現場が建物の中だったかなんて、知らないよ？」

ラスカは固まっていた。鳥であるがゆえに表情はあまり変わらなくても、毛を逆立てる仕草で感情の動きが滲み出る。彼はつぶらな瞳でぱちりとひとつ、まばたきをした。

「……なんだ、この記憶。なんで、俺がこんなこと知ってるんだ」

「こっちの台詞(せりふ)だよ……」

スサ、と音を立てて、ラスカの尾羽が開く。

「全然覚えてねえけど、なぜか知ってる。これは殺人じゃない。単純に、住人の身内が老衰で死んだ」

「なに、怖い怖い。やめてよ。『覚えてないけど知ってる』ってどういう意味？」

霧嶋は引きつった笑みを浮かべる。噴水の水面に、ラスカの尾羽が映っている。

「両親の代わりに育ててくれた、父方のばあちゃんだ。ガキの頃から、年金に頼って暮らしてた」

くちばしを下に向けて、彼は小さい頭から記憶を捻り出した。

「高校は卒業できたけど、定職に就けなかった。金がなかった。年金だけが生活の糧だった」

ひとつひとつ思い出すように、言葉を口にしていく。

「だからばあちゃんが死んだことは、隠しておかないと……生きてることにしておかないと……生きていくためには、それしかなかったから……」

「ラスカ……？」

ぞくりと、霧嶋は背中に寒気を覚えた。霧嶋が教えていない情報どころか、霧嶋も知らない話が次々に出てくる。

それも、犯人しか知り得ない情報だ。

「他に頼れる人は、いなかったの？」

「ばあちゃんしかいなかった」

「不正受給も死体遺棄も犯罪だって、わかっててやったの？」

「そうしないと、明日食べるものもなかったから」

ラスカは自分でも不思議がりながらも、霧嶋の質問に淡々と答えていく。さわさわと、公園の植木が揺れる。風の音が緊張を煽る。

霧嶋はもうひとつ、質問を重ねた。

「どうして、君がそれを知ってるの？」

ラスカは言葉を呑んだ。羽を逆立てて、下を向いている。

なぜ知っているのか、自分でもわからないのだ。わからないのに、これが真相だと言い切れる。

突然、ラスカの胸に激痛が走った。

「いって！」

不安げに膨らんでいたラスカは、きゅっと、羽を窄めて細くなった。心臓がズキズキと痛む。身震いするラスカに、霧嶋は狼狽した。

「どうした？　大丈夫？」

「くっそ……なんなんだよ！」

ラスカは痛みに怒りを滲ませると、翼を羽ばたかせて飛び立った。霧嶋から逃げるかのように、激痛を堪えて空へと消えていく。残された霧嶋は、呆然と空を見上げた。

「なんだったんだ……？」

晴れ渡る空に、ラスカの姿はもうない。

「覚えてねえけど、なぜか知ってる」——その言葉に、かつてラスカから聞いた話が重なる。部屋の掃除をこまめにするようラスカに教えた人がいて、ラスカには掃除が癖づいているが、ラスカはその人を覚えていない。それと、似ている。

ラスカは人から死神に生まれ変わり、その際に人間時代の記憶をなくした。という、自分の立てた仮説と照らし合わせるなら。

「今のは……ラスカが死神になる前の記憶？」

ラスカは、老婦人の事件に関わっているのか。

そこまで考えて、霧嶋は思考を振り払った。まだわからない。ラスカはなにかドラマでも観て、霧嶋の相談とそれが頭の中で混同したのかもしれない。

「それより、なんか痛がってたけど大丈夫かな」

霧嶋はそう呟き、署へと引き返した。

瀬川を残してきたデスクに戻ると、先程よりもさらに不機嫌な瀬川が、霧嶋を睨んだ。

「長え休憩だったな」

「トイレが行列でした。さて、なにかわかりました？」

「そんな混まねえだろ。お前が戻ってこないうちに、遺体の身元がわかった。冷凍庫の出処、アパートの居室がはっきりした」

雑な言い訳をする霧嶋に、瀬川は資料を手渡した。

「この部屋の住人が、自宅で亡くなった祖母の遺体を隠してた」

「えっ……」

どきんと、霧嶋の胸が鳴った。ラスカの言葉が、脳裏を過る。瀬川は眉を寄せて、資料を睨んだ。

「年金の不正受給だよ。家賃滞納で退去勧告されてたから、家財を差し押さえられる前に慌てて冷凍庫ごと捨てたってとこかな」

亡くなっている祖母の年金の、不正受給。ラスカの発言に、ぴたりと当てはまる。

「なんで……」

なぜ、ラスカが知っていた？

青い顔で絶句する霧嶋に、瀬川がつらつらと続ける。

「んで。肝心の住人は不在。とっくに逃げてやがったよ」

瀬川がアパートの住民リストを呈してくる。印を付けられた名前を見て、霧嶋は後頭部を殴られたような衝撃を受けた。

「そんな……どういうこと？」

窓から差し込む日が、霧嶋の額に汗を滲ませる。彼はくらくらと、目眩(めまい)で倒れそうになった。

＊＊＊

あれから数時間。ラスカはもとの姿に戻っていた。日が傾いた町を当てもなく歩く。

「はあ、なんだったんだよ」

胸の痛みは引いたが、気分はまだ晴れない。

霧嶋と別れたあと、ラスカは霧嶋のマンションのベランダで身を隠して休んだ。鳥の姿だった彼は、片隅でうずくまって、痛みに耐える。

この痛みには、覚えがある。「もしかして、一度死んでるんじゃない？」霧嶋にそう問われたときと、同じ痛みだ。

日の傾いた空を、ラスカはひとり眺めた。

自分に死んだ記憶などない。しかし人間としての過去があるのかもしれない、そしてその頃の記憶を消されているという、霧嶋の仮説にはどこか納得していた。記憶が消されているのなら、死因も忘れていてもおかしくはない。霧嶋に問われて痛みが起こったのは、思い出すことを体が拒絶しているかのようだった。

「だとしたら、これは……」

思い出しそうになると、胸が痛むのだとしたら。今、胸が痛むのは、冷凍庫の中の老婦人の遺体が、自分の過去の記憶に直結しているからなのか。

両親の代わりに育ててくれたのが、祖母だった。友達ができず、勉強もできなかったが、祖母だけは理解者でいてくれた。だからその祖母がいなくなったとしても、異変に気づくほど身近な人間はいない。つまり、道を踏み外したとき、正してくれる人もいなかった――。

そんな背景までもが、なぜか、頭の中に残っている。老婦人の名前も顔も、思い出せないのに、だ。

霧嶋から聞いたアパートに近づけば、なにかわかるかもしれない。自分の過去も、見えてくるかもしれない。そうも思い立ったが、せっかく引いた胸の痛みがぶり返し、息苦しくなった。〝なぜ知っているのか〟を考えると、痛みが戻ってくる。

近づいてはいけない。思い出してはいけないと、本能が訴えかけてくるのだ。

痛みが和らいで、ベランダから飛び立ってしばらく。鳥からもとの姿に戻り、今に至る。自分が何者なのかを考えなければ、痛みはすっかり消えてなくなる。

薄暗くなった町はずれをぶらついていると、ふと、妙な男を見つけた。がっしりとした体格の、二十代前半ほどの男だ。人けのない高架下でじっと佇み、なにかを待っているように見える。

夕暮れの高架下、男の顔には、暗く影が落ちている。彼はラスカをじろりと睨んだ。肩から掛けた黒い鞄に手を添えて、男が腕時計を確認する。ちらりと目を上げては、ラスカに「早く立ち去れ」とでも言わんばかりの目で凄む。

ラスカは男の前を通り過ぎ、それから建物の陰に入った。なんとなく、嫌な予感がする。男の死角から、様子を見る。

そして、ハッとした。男が、肩掛け鞄から拳銃を取り出したのだ。

「え、おい！」

西日を受けて、銃口がぎらっと光る。ラスカは咄嗟に引き返し、男のもとへと駆けつけた。男がラスカに気づき、舌打ちをする。銃を鞄に戻すと、彼はさっと逃げだした。

「おい、待て。今のはなんだ」

ラスカは追いかけ、男の鞄のベルトを握る。男は鞄からラスカの手を引き剥がそうと、彼の腕に摑みかかった。

「離せ！」

高架下の天井に、男の声が響く。揉み合ううちに、一台の自転車が通りかかった。

「あっ！　なにをしてる！」

自転車に乗って走ってきたのは、パトロール中の警察官だった。その制服を見るなり、銃を持った男は強引にラスカを突き飛ばし、鞄を抱いて走りだした。手を離したラスカは高架の柱に背中をぶつけ、奥歯を噛む。

警察官は呆れた顔でラスカに声をかけた。

「喧嘩？　全くもう、だめだよ。君、名前は？　お仕事はなにしてるの？　身分証見せて」

「うっぜ。俺じゃなくて、逃げてったほうを追え。あいつ銃……」

と、言いかけたときだった。

「――？」

名前を、呼ばれた気がした。

しかしちょうど頭上を電車が走り抜け、音でうまく聞き取れなかった。

ラスカはちらと、声のほうに目を向けた。高架の脇の歩道で、おとなしそうな青年が立ち止まっている。長い前髪を垂らして片目を隠した、痩せた男だ。

彼はラスカの顔を見て、ぱあっと瞳を輝かせた。

「やっぱり！　——だ！」

ガタンガタンと、電車の走行音と、激しい風が声をかき消す。

青年の顔を見るなり、ラスカは全身が強張った。警察官が、青年の名前を口にする。

「あれ、——さん」

「あ、こ、駒木田さん」

青年が口ごもる。電車の音が重なって、会話の一部が、ラスカの頭に届く前に打ち消される。

「知り合い？」

「ゆ、友人です」

前髪の長い青年が、そろりとラスカの手を取る。途端にぞわっと、ラスカの体が鳥肌が立った。

友人？　こんな男、知らない。いや、知っている？

ラスカの頭の中が、ぐちゃぐちゃに混乱する。

初めて見た顔にも見えるし、ずっと昔から知っていたような気もする。

ずきんと、また、胸に激痛が走る。鋭い刃(やいば)が刺さったような痛みに、彼は思わず、体を屈めた。

電車の音が遠ざかっていく。青年の表情は温厚で、敵意は一切感じられない。それなのに、どうしようもない拒否感が、ラスカの全身を駆け巡る。

警察官の駒木田は、複雑そうな顔で引き下がった。

「今、職質中なんだけど……まあ単なる口論だったし、いいか。これからはおとなしくするように」

よくない、と、ラスカは駒木田を引き留めようとした。しかし喉がつかえ、声にならない。自分の手首に絡みつく、青年の指が冷たい。

「生きてたんだな。ずっと会いたくて、捜してたんだよ。でも正直、もう死んじゃったと思ってた。生きててくれて、ありがとう」

「や、やめろ」

手を振り払いたいのに、力が入らない。胸の痛みで息が上がり、頭の中に靄がかかって、なにも考えられなくなっていく。

駒木田が自転車を引いて去っていく。高架下には、ラスカと青年だけが残される。

青年は泣きそうな笑顔で、ラスカの手を両手で握った。

「お前が行方不明になって、俺はすぐに警察に連絡したんだよ。それなのに、健康な成人男性だからって理由で、捜してもくれなかった。俺はずっと、みんなが諦めてからもずっと、お前に会いたかった」

「行方不明……？　俺が？」

頭が働かず、青年の言葉がまともに入ってこないが、断片的な単語が中途半端に聞こえてくる。

青年がラスカの手を引っ張り、焼けかけた空の下へと連れ出す。

「謝りたかったんだ。お前は正しいことを言ってたのに、俺が逆ギレした。本当にごめん」

「なに……なんの話だ」

「看病しに来てくれたとき、冷凍食品を持ってきてくれたんだよな。見られると思ってなかったから、取り乱して……ごめん」

チカッと、目の奥になにか、映像が見えた気がした。冷蔵庫の前に屈み、冷凍スペースの引き出しを引く感覚。買ってきた食品を入れようとして、そこに、見てはならないものを見つけてしまった衝撃。

「やめろ、知らない。知らない！」

ラスカは痛む体で力を振り絞り、青年の手を払い除けた。弾かれた手を浮かせ、青年は目を剝く。

「えっ……？　知らないってなんだよ。嘘だろ。俺がお前を見間違えるはずがない」

嬉しそうな顔から一転、青年は必死な面持ちでラスカに縋りついた。

「まさか忘れたのか？　俺だよ、――だよ」

電車はもう通り過ぎたのに、名前だけ、ノイズがかかって聞き取れない。

「なあ、忘れたなんて言わせない。お前は俺の味方なんだろ」

青年の声が耳に入るたび、ラスカの体は激しい痛みに蝕まれる。汗で前髪が額に貼りつく。立っているのもやっとだった。

「やめろ。あんたなんか、知らない……！」

ラスカは青年に背を向け、夢中で走りだした。逃げるしかなかった。

背後で青年が、名前を呼んだ気がした。自分の名前のようだったが、「ラスカ」ではなかった。

＊＊＊

その夜、十時。帰宅してきた霧嶋が、風呂から上がってきた頃だった。カチャリと、鍵が回る音がした。

彼はその音を聞きつけ、肩にタオルをかけ、髪が湿ったまま、玄関へ向かった。玄関の扉に隙間が開き、黒髪の青年が顔を覗かせる。

「お帰り、ラスカ」

霧嶋が迎えると、ラスカは疲れ切った目で、彼を一瞥した。

霧嶋に呼ばれる名前は、すんなりと耳に入ってくる。穏やかな霧嶋の声と相まって、どこかほっとした。

霧嶋がタオルで髪を擦る。

「君、昼に会ったとき様子が変だったから、心配したんだよ？　おかしなこと言うし、痛がってるし。今は落ち着いた？」

「ん。散々だった」

胸の痛みは引いたが、長く痛めつけられた体は疲弊している。普段以上に目つきが悪いラスカに、霧嶋は世話を焼きたくなった。

「疲れてるねー。ホットミルクでも入れようか？」

「いや、すぐ出ていく。あんたに報告があって来た」

ラスカは小さくひとつ息をつき、言った。

「夕方、銃を持った奴を見た。若い、ゴツい男」

「え、本当に？」

あれからラスカは、取り逃した男を捜して回った。しかし手がかりがなく、見つけられていない。それを霧嶋に共有するために、ここを訪ねたのだ。

霧嶋は神妙な顔をして、その頬をタオルで拭う。

「モデルガンかな？　やだな、治安悪い。他に特徴は？」

「造作はさっぱりしてたけど、表情がやばい。高架下でじっとしてて、誰かを待ち伏せしてるように見えた」

「そっか……待ち伏せしてたなら、同じ場所にまた現れるかもしれないな。これ不審者情報だし、近くの交番にパトロール強化お願いしておくね」

霧嶋が言うと、ラスカはさっと背を向けた。部屋に上がらず去ろうとする背中に、霧嶋は投げかけた。

「ねえラスカ。あのあと、冷凍庫の出処がわかったよ」

それを聞くなり、ラスカがぴくりと肩を強張らせた。霧嶋はその仕草を見て、問う。

「やっぱり、この話をするとどこか痛むのか。やめたほうがいい？」

妙に気を遣う霧嶋を振り向き、ラスカは数秒、押し黙った。それから夜空色の瞳で霧嶋を見据える。

「結論だけ言え」

「わかった。ラスカの言うとおりだったよ。アパートの住人が、亡くなった家族を隠してた。目的は年金だと思われる」

玄関は、夜の静寂に包まれている。シャンプーの香りがほんのりと漂う。睫毛を伏せるラスカに、霧嶋は真顔で向き合っていた。

「なんでラスカが真相を見透かしたのか……は、聞かないほうがいいんだろうね」

霧嶋はそれ以上掘り下げず、ラスカも語ろうとはしなかった。ラスカはドアノブを握り、玄関の扉を押し開ける。

「じゃ、行く。銃を持ってた奴、また見つけたら言う」

「うん」

玄関で立ち話だけしていなくなるラスカを、霧嶋は引き止めはしない。

「わざわざ伝えに来てくれるんだから、君も人が良いよね」

死神は、人と関わりすぎてはいけない。ラスカもそれをわかっている。それでもラスカは霧嶋の〝便利なカラス〟として、仕事のフォローをしてくれる。

「あんまり僕に構ってるとさ……」

　ぽたりと、霧嶋の髪の先から雫が落ちた。フロウに注意喚起されてから、そのまま先延ばしにしていた、この問題。ラスカがちらりと霧嶋に目をやったが、霧嶋はそのまま言い淀んだ。

「なんでもない。夜に出歩くのは結構だけど、職質されないようにね」

　彼はまた、問題を先延ばしにした。

　ラスカは「ん」と短く返事をして、扉を開けた。小さな風が起き、ラスカの黒髪がふわりと空気を孕む。青く光るその毛先が、扉の外へと消えた。

＊＊＊

「臨時ニュースです。北市の倉庫で、近くに住む男による、立てこもり事件が発生しました。男は男性をひとり人質に取っており――」

　午前九時、街頭ビジョンにニュースが映し出される。神妙な顔のアナウンサーを、道行く人々が見上げる。

　向かいのビルの屋上にとまっていたカラス、ラスカも、そのニュースを眺めていた。

「捜査関係者によると、男は警察にビデオレターを送って、要求を提示しています。警察は対応を急いでいます」

「あいつ、これじゃまた飯を食いっぱぐれるな」

ラスカは霧嶋を思い浮かべ、ビルから飛び立った。黒い翼を羽ばたかせ、町の人々の上空で風を切る。見えてきた建物、霧嶋の勤める警察署からは、パトカーが数台出動していくところだった。

霧嶋は会議室に呼ばれ、ビデオレターを見ていた。壁にスクリーンを張り出し、映像を投影している。窓の縁にとまったラスカも、ともに映像を覗き見た。窓の隙間にくちばしを差し込むと、音声まで聞こえてきた。

「見てるか、警察……もとい、正義のチンピラ集団。よく聞け、これは復讐だ」

画面に映っているのは、銃を持った男である。マスクとキャップで顔のほとんどを隠していたが、キャップの下から覗く目だけ見ればラスカはすぐにぴんときた。

「これ、昨日のあいつじゃねえか」

高架下で誰かを待ち伏せしていた、あの男だ。同じく霧嶋も、この顔を思い出した。

「幹村……！」

それは女子大学生殺害事件の容疑者で、被害者姫宮の恋人、幹村疾風だったのだ。

画面の中の幹村が、銃をカメラに向ける。

「こいつはおもちゃじゃないぞ。お前らが検挙した『夢の女神の会』に入っていた奴から手に入れた。これでわかるよな？　この銃が本物だって」

耳に覚えのあるカルト宗教団体の名前が出てきて、霧嶋は眉を寄せた。あの会は、薬物や爆発物、銃火器を保有していた。実際に爆破予告があったくらいだ、会員が持っていても不思議はない。そして出回ってしまったそれらを回収しきるのは、容易ではない。

「お前らにあらぬ容疑をかけられた俺がどうなったか、考えたことはあるか」

幹村がカメラを睨む。

「冤罪(えんざい)で殺人犯扱いされた俺は、解放されたところで、今までどおりに戻れるわけじゃない。家の中まで調べ上げられて、関係ないことまで他人に広まって、事実無根の噂まで流れて」

鞄から凶器が出てきた幹村は、問答無用で容疑者とされた。なにもしていないのにプライバシーを暴かれ、人間関係はがらりと変わった。

真犯人が判明して幹村の無実が証明されても、零したインクのように広まった噂は、取り消せない。

「居づらくなって大学は辞めた。変な噂がついたせいで、決まってた内定は取り消された。家族も誹謗中傷に遭ってる！　俺は恋人を殺された、被害者側なのに！」

彼の悲痛な訴えに、ラスカは絶句した。頭の中に蘇ったのは、藍原波恵の虚ろな目だ。

他人の罪を話題にして騒ぐ者たちにとって、真実かどうかは二の次である。騒ぐほうは好きなだけ騒いで他人をおもちゃにするが、飽きたら捨ててすぐに忘れる。しかし騒がれるほうは、心に癒えない傷を負う。未来を捻じ曲げられてしまう。

「これも全部、お前ら警察のせいだ。俺を犯人と決めつけた、お前らが……俺の人生を壊した！」

平穏な日常を失った幹村は、自暴自棄になっていた。これ以上失うものがない彼に、怖いものはない。警察官への復讐に、全てを捧げる気でいる。

ラスカは昨日の高架下での出来事を反芻した。あのとき、揉み合いになったふたりのもとへ、パトロール中の警察官が通りかかった。幹村は警察を恨んでいる。彼が銃を向けるつもりだったのは、警察官――あれは、駒木田が巡回してくるのを待っていたのだ。

「最初はひとりひとり殺してやろうと思った。でもそれより良い方法がある。それが、これだ」

幹村がカメラをずらす。映し出されたのは、ごちゃついた廃倉庫内の風景と、コンテナの前に転がされた、人質の姿である。

「こいつを殺されたくなかったら、姫宮鞠花の事件を担当した刑事を差し出せ。こいつの命と交換だ」

幹村の声が流れる中、手足を縛られて寝そべる男が、怯えた顔で身動ぎしている。

「全員出せ、と言いたいところだが捜査員ひとりでいい。正々堂々、一対一で」

幹村の声が、静かな会議室にじわりと広がる。

「倉庫の半径二十メートルに、カメラを取りつけた。ふたり以上近づいた時点で、交渉決裂。人質は殺す」

瀬川がチッと舌打ちをした。

「そらそうだ。全員でかかってこられたら勝てねえからな。誰かひとり、ここから人柱を選べってか」

全国ニュースになる規模の事件を起こし、注目を集め、刑事をひとり殺す。世間に対するメッセージを発信するには、じゅうぶんである。

薄暗い画面を見つめ、霧嶋はハッとした。

「ん？　……待って、あれ」

画面の奥に転がされている、人質の男。目にかかるほどの長い前髪と、怯えた小動物のような眼差し。霧嶋はこの顔にも、見覚えがあった。

同時にラスカも、人質の顔にどきりとした。

昨日の夕方、高架下から自分の手を引いた、あの男。無邪気に名前を呼んだ、あの青年だ。

霧嶋が名前を口にする。

「若里さん！」

その横で瀬川が、霧嶋を振り向いた。

「若里って……あの死体遺棄の⁉」

遺体の入った冷凍庫を捨て、アパートから行方を晦ませていた住人。それが、彼だった。霧嶋は青ざめた顔で頷く。

床に倒れる若里の顔を見るなり、ラスカはふらっと、窓から転げ落ちそうになった。

「あっ……うっ！」

心臓を突き刺すような痛みが再発する。また、なにかを思い出しそうになる。

冷凍庫を開けた自分の肩を、ぽんと、叩かれる感触。振り向くと彼がいて、仮面のような無表情な顔で、こちらを見ている。そんな、ないはずの記憶が、瞼の裏に見えてくる。

『もしなにかの弾みで家宅捜索が入ったら、警察に家の中を隅々まで見られる』

そう言って掃除の重要性を説いてきた彼の言葉が、冗談ではなかったのだと気がついた瞬間。その背すじがぞっと寒くなる感覚まで、生々しく蘇ってくる。

俯いて痛みに耐えるラスカを背に、瀬川がなおさら苛立つ。

「くそ、人質の死体遺棄野郎もろくでもねえ奴だが、『じゃあいいか』とはならないのが面倒くせえ。見殺しにもできねえじゃねえか」

ぷつんと、映像が切れた。会議室に集まった警察官らは、神妙な顔で捜査会議を展開する。刑事課を取り仕切る課長が、緊張した声で切り出した。

「人質が何者であろうと、彼の命が最優先だ。一旦幹村の要求を呑んで、捜査員を送り込む。人質を解放後、なるべく穏便に交渉して、捜査員も無事に帰還するのがベストだ」

「相手が約束を守るとは限らない。捜査員も人質も、両方殺されるかもしれません。初めから複数で突入したほうが……」

誰かが発言する。課長は頷きつつ、言った。

「しかしふたり以上が倉庫に近づけば、カメラから見ている幹村を逆上させる。相手は銃を持っている。捜査員が倉庫に到達する前に、人質を殺すだろう」

まずは、相手のペースに乗った素振りだけでも見せる。そして相手の出方によっては、他の捜査員を突入させる。対応の方向が決まった。

張り詰めた空気の中、瀬川が周囲を見渡す。

「で、どの捜査員を向かわせるんですか」

幹村は警察に強い恨みを持っている。誰にも邪魔されない環境に捜査員を呼び出し、殺すつもりでいる。そんな彼と向き合い、交渉する係を、たったひとり選ばなくてはならない。会議室がざわつく。隣り合う者同士が顔を見合わせ、互いに小声を交わす。

沈黙していた霧嶋が、一歩、踏み出した。隣にいた瀬川は背中に汗をかく。

「おい、まさかお前」

「僕は幹村の取り調べで、彼の無罪を証明した。だから幹村の印象に残ってるでしょうし、多少、交渉の余地がある立場ではないでしょうか」

霧嶋は考えた上で、自分が適任だと判断した。幹村を殺人犯と決めつけて、散々責め立てた他の捜査員を送り出すよりも、自分ならまだ、話が通じそうだと考えた。

「決めるのは上の方々です。けど、僕、そのつもりです」

窓の縁にとまっていたラスカは、はあ、とため息をつく。霧嶋の性格なら立候補しそうだ、と、彼にはなんとなく見えていた。

霧嶋は意地の悪いところはあるが、あれでいて正義感が強い。そういう人であると、ラスカにはわかっていた。

瀬川が声を震わせる。

「それなら……俺も同じときに、取調室にいた」

「瀬川さんは、奥さんと娘さんがいるじゃないですか。その点、僕は身軽なので」

「お前……！」

霧嶋にも家族や友人はいるが、それでも、瀬川を危険に晒すよりは自分のほうがましだと思えた。

霧嶋が瀬川の隣を離れる。課長に耳打ちし、数名の上官とともに、会議室を抜けていく。取り残された瀬川は、青白い顔で呆然としていた。霧嶋がいた反対隣から、同じ課の同僚が呟く。

「若いのに無茶するなあ。千晴さんが生きてたら、もう少し立ち止まったのかな」

「千晴……？」

初めて聞く名前に、瀬川は隣を振り向いた。周辺の同僚たちが、あれ、と反応する。

「知らなかったのか？　霧嶋、指輪つけてるだろ。奥さん亡くしてんだよ」

「そう。新婚一年目でな。引くほどべた惚れしてたから、再婚する気もないんだよな」

瀬川は、ひとり暮らしの霧嶋に、お前は寂しい奴だと言わんばかりに、娘自慢をしてきた。女性のアプローチを断る霧嶋を、顔に自信があるから選り好みしているのだと思い込んでいた。彼の事情を、なにも知らずに。

「なんだよ、それ」

薄暗い会議室のざわめきの中、彼は掠れた声を発することしかできなかった。

＊＊＊

現場の廃倉庫付近で、霧嶋を乗せたパトカーが停まった。スーツの下に防弾チョッキを着て、盾と拳銃を携えた霧嶋が、ドアの外へと降り立つ。幹村から指定されている位置より先は、カメラが設置されており、複数人では近づけない。

海が近い。潮風がカラカラと、空き缶を転がす。かつて貿易倉庫として使われていたその場所は、所有していた企業が倒産して長く経っており、すっかり錆びついている。

パトカーとマスコミ、野次馬が見守る中、霧嶋は倉庫に向かって歩いていった。

ひらりと、黒い羽が霧嶋の鼻先を掠めた。霧嶋の頭上を、黒い鳥が一羽、滑るように飛んでいく。その姿を見上げ、霧嶋は数分前を回顧した。

霧嶋が署を出る前。霧嶋は、窓の縁にとまったラスカに気がついた。くちばしで合図するラスカに従い、彼は準備に入る前に屋上へ向かい、ラスカと落ち合った。

「なに？　今忙しいんだけど」

「見てたから知ってる。死に急いでんじゃねえよ、バカ」

柵にとまったラスカが悪態をつく。霧嶋は、ははっと苦笑した。

「心配してくれてるの？　ありがとう。でも死ぬ気はないよ。僕は人質を解放させて、なおかつ交渉に成功し、自分も幹村も生きて帰ってくるつもり」

「よくこんな面倒くせえこと進んでやるよな」

「僕だってやりたくないさ。仕事だから仕方なくやるだけ。自分が行くのがいちばん合理的だったから、仕方なくだ」

自らこの役目を引き受けて、覚悟を決めたつもりでいても、全く怖くないわけではない。面倒な書類仕事でも押し付けられたかのような言い回しの霧嶋を、ラスカは丸い瞳で見つめていた。

「現場は海っぱたの廃倉庫だったな。俺もついていってやる」

「いや、現場にはカメラがあって、ふたり以上近づくと人質が……」

言いかけて、霧嶋ははたと言葉を呑んだ。ラスカの黒い背中の羽毛が、ふわりと膨らむ。

「カラスがカメラに映ったところで、気にしねえだろ」

「そっか。君なら一緒に行けるんだ」

そのとき、霧嶋の胸の奥に光が差した気がした。

ひとりで立ち向かうはずだったこの難問も、ラスカがそばにいると思うと、自然と気持ちが軽くなる。

霧嶋は、柵を両手で握って笑った。

「あはは！　カラスの体じゃなんにもできないけど、来てくれるんだ」

「あ？　ついていってやんねえぞ」

「ごめんごめん、嘘だよ、心強いよ。ひとりにしないでー」

午前の明るい陽の光で、ラスカの背中は青く煌めいていた。


そうしてふたりは今、現場の廃倉庫を訪れた。ラスカが先に向かい、設置されているカメラを突破する。倉庫の天井近くに、ガラスの外れた窓がある。ラスカはそこに降り立った。

中を覗き込む。コンテナが乱雑に積まれた埃っぽい庫内に、銃を携えた幹村と、転がされている人質の姿があった。人質を見るなりラスカは胸に痛みが走ったが、首を左右に振って、今は観察に集中する。

幹村は木箱に腰掛けており、暴れる様子はない。膝にタブレットを置いて、そこからカメラの映像を見ている。人質は時折動いており、怪我は見られない。ふたりとも、案外落ち着いている。

ラスカは向かってくる霧嶋を振り向いた。小さくくちばしを下げて合図を送ると、霧嶋も頷いて、倉庫の扉の前まで進んだ。

扉は開いている。カメラの映像を追っていた幹村が、霧嶋の到着を確認し、奥から声をかけた。

「覚えてるよ。あの刑事だな」

霧嶋はひとつ深呼吸して、倉庫に足を踏み入れた。

薄暗く、黴の臭いがする。窓から差し込む光が、舞う埃を照らして、室内を煙らせる。

並んだ窓のうちひとつの桟に、ラスカがとまっているのが見えた。

数メートル先に、幹村の姿が見えた。横には、寝そべる人質の影がある。

「幹村さん……」

霧嶋が声をかけると、それに被せるように、パンッと銃声が響いた。人質がひっと声を上げ、霧嶋は立ち止まった。硝煙の向こうから、幹村の声がする。

「盾と銃を捨てろ。聞かなければ、敵意があるとみなして今すぐ人質を殺す」

幹村が銃口を、人質に向けた。人質が縮こまって震える。霧嶋はきゅっと、眉間に皺を寄せた。

「まずは人質を解放してください」

直後、パンッ、パンッと、幹村が引き金を二度引いた。人質から銃口をずらし、床に当てているが、人質は恐怖で震え上がっている。威嚇射撃を繰り返し、幹村は霧嶋を睨んだ。

「お前の武器の放棄が先だ」

幹村は声を荒らげはしなかったが、要求に従わなければ交渉の余地も与えないという、強い意志を滲ませていた。霧嶋は盾と銃を、床に置いた。

ゴト、と、物々しい音が庫内に響く。

「これでいいですか?」

「まだだ。信用に値しない。無線機をこっちに投げろ」

霧嶋を丸腰にしようと、幹村は慎重になっている。人質を解放するまでは、反抗できない。霧嶋は仕方なく、外の味方に通じる無線機を、幹村のほうへと床に滑らせた。

無線機が幹村の足元に届くと、幹村は持っていた銃で無線機の液晶を砕いた。銃声が響き渡る。無線機を貫いた銃弾は、中の配線まで千切った。

外で控える霧嶋の同僚たちは、聞こえていたやりとりでなにが起きたか察した。そして彼らは、庫内の様子を探る手段を失った。

無惨な姿になる無線機を見つめ、霧嶋は細く息を吐く。

「若里さんは、無事ですか？」

「人質は傷つけてない。お前らとは違って、俺は関係ない奴はなるべく傷つけたくないからな」

「よかった……」

幹村の言葉どおり、人質の若里に怪我はない。不安げな目で、霧嶋を見ている。幹村は、壊れた無線機を踏みつけた。

「ただし、人質にはまだここにいてもらう。訓練を積んだ警察官と一般人の俺では、力の差が歴然だからな」

霧嶋の動きを制限するために、幹村はまだ人質を手放せなかった。自分が優位でいられる材料を、そう簡単に放棄するわけがない。事実、霧嶋は人質に危険が及ぶ事態を警戒して動けない。自分ひとりであれば直接幹村に突撃して銃を取り上げられるが、今は妙な動きをすれば、人質に向けて引き金を引かれる。

「僕の身と人質の身の交換条件だったはずですよ」

「そもそもお前らは不平等だろ。身内には甘くて、民間に対してはやりたい放題で。俺の人生を狂わせておいて、なんの補償もしない」

幹村が再び、銃口を人質に向ける。

「今だって、防弾チョッキで自分の身を守ろうとしてる。命を差し出す覚悟があるなら、脱げ」

窓にとまるラスカはやきもきしていた。いっそのことここから中へ飛び込み、幹村の銃を蹴飛ばしてしまいたい。顔に向かって突進し、目を塞げば、その隙に霧嶋が銃を奪うこともできる。

ラスカが身を屈め、飛び立とうと距離を測っていると、霧嶋が気づいてラスカに向かって首を横に振った。

あくまで交渉で解決する気である。下手に攻撃に出れば、銃を乱射されて人質に当たる場合もあり得る。霧嶋は覚悟を決め、防弾チョッキを脱いだ。それを見ているラスカはしぶしぶ、屈んだ姿勢のまま、様子を見守る。

幹村は銃のグリップを両手で握った。

「俺が今こんなに苦しめられてること、少しでも想像したか？　真犯人判明で、『やれやれ解決だ』と俺を放り出して、それっきり忘れてただろ」

　それは否定できない。霧嶋は素直に頭を下げた。

「僕たち警察の早計な判断で、幹村さんには大変なご迷惑をおかけしました。心からお詫び申し上げます」

「謝って済めば警察はいらない」

「はい。僕らは取り返しのつかないことをしました」

　幹村が犯人に見えるように差し向けたのは中野だ。姫宮を殺したのも幹村を嵌めたのも中野であり、恨むなら中野を恨むところだろう。だが、権力を持った警察が手のひらで踊らされたことが、幹村に大きなダメージを与えた。幹村は、銃をゆらゆらと振った。

「もう取り返しがつかないから、開き直って人質を取って立てこもってやったよ。これで俺は本物の犯罪者になった。けど、世の中へのメッセージにはなるだろ。俺は俺の人生を棒に振ってでも、お前ら警察への憎しみを世に訴えたい」

「はい。……僕らがあなたを容疑者扱いしなければ、あなたは、こんな事件を起こさない人だった」

　ラスカが見守る中、霧嶋は言った。

「たしかにあなたは、結果的にこうして事件を起こしました。ですが、人質の若里さんは縛り付けられているものの大きな怪我はありませんし、あなたはまだ、僕を殺していない」

ぴくりと、幹村の肩に力が入る。ラスカが身構え、出方を窺っている。その黒い影が見えるだけで、霧嶋は冷静でいられた。

「きっと本来、そんなことができる人じゃない。僕らがあなたを変えてしまっただけ。それも、主張のためにやっているのであって、傷つけることが目的じゃないんでしょう?」

「う……」

幹村が顔を歪め、呻く。手を震わせはじめた彼に、霧嶋はもうひと押しした。

「僕が武器も装備も捨てたのは、あなたが人を撃てない人だと信じているからです。このままその銃で僕らを傷つけてしまう前に、考え直しませんか」

「なんだよ……なんで急に、わかったような口を利くんだよ」

恨みをぶつけても言い返してこない霧嶋に、幹村は徐々に、戦意を失っていった。

「俺も、お前らと変わらないのかもしれない。お前らが俺を責めたりしなければこうならなかったのと同じで、由依だって、俺と鞠花が裏切って陰で笑ったりしなければ、おっとりしたおとなしい子だった」

幹村が中野由依――姫宮鞠花を殺した女の名前を出す。霧嶋は小さく、火薬の匂いがする空気を吸い直した。

「あなたがその銃を捨ててくれれば、この連鎖が止まります」

幹村はしばらく、銃を握って沈黙していた。その時間はほんの数秒程度だったが、霧嶋とラスカには、ずいぶんと長く感じられた。

カシャンと、硬い音が反響した。幹村がコンクリートの床に、銃を置いたのだ。霧嶋はほっと息をつく。

「ありがとうございます」

「刑事さん。俺……これからどうなるんですか」

「大丈夫。何度だってやり直せますから」

霧嶋の柔らかな声と、幹村の掠れた声が、倉庫に静かに響く。幹村は木箱から立ち上がり、一歩ずつ霧嶋に歩み寄った。捨てられた銃は床に横たわったままである。霧嶋も、少しずつ幹村に近づく。

彼らの動きを上から見ているラスカも、小さく安堵のため息を漏らした。

そしてその刹那、彼はハッとした。縛られているはずの人質、若里が、ゆらりと起き上がったのだ。

「は⁉」

若里を縛っていた縄が、ぱらぱらと解ける。上体だけ起こして下半身を引きずり、ゆっくりと前進している。彼の指が、床に落ちていた拳銃を拾った。

「おい！」

ラスカはたまらず窓から飛び降りた。彼の声で霧嶋も、若里の動きに気づいた。咄嗟に幹村に駆け寄り、突き飛ばす。

窓から差し込む光を背負い、ラスカが舞い降りてくる。ラスカの鉤爪が、銃のマズルを蹴飛ばした。

パンッと、銃声が鳴り響いた。

火花が散り、火薬の匂いが強まる。突撃したラスカが床に転げ、突き飛ばされた幹村も床で倒れ、口を開いて絶句していた。

じわりと、霧嶋の胸が赤く染まった。

シャツに滲む赤い色が、ラスカの瞳に映る。思考が停止した。今、目の前で現実に起きている出来事を、即座に受け入れられない。

銃を握った若里が、息を荒らげて立ち上がる。

「なに絆されてんだよ。やり直せるわけないだろ」

泣きそうな目をして、体が震えているが、若里の声には妙に芯が通っていた。

「お前は、警察を恨んでるって言ったじゃないか。だから引き入れたのに。だってこいつらは……」

霧嶋が膝から崩れ落ちる。眼前に広がるその光景に、彼は呆然とした。

警察を恨んでいる？　引き入れた？　若里は人質だったのではなかったのか？　初めから幹村と結託していたのか？

そういえば、爆破予告の男も、警察を憎んでいた。まさか――。

朦朧とする頭では、理解できない。霧嶋はどさっと、床に倒れた。ラスカは身を低くして、コンクリートに流れる血を見つめていた。

若里の血走った目が、霧嶋を威嚇する。

「こいつらは、――が行方不明になっても、捜してくれなかった。俺がどんなに訴えても！　見殺しにしたんだ！」

ずきんと、ラスカの胸に突き刺すような痛みが走った。なにかを思い出しそうになる。なにかを、決定付けてしまいそうになる。

若里は銃を握り直し、今度こそ幹村に銃口を向けた。

「お前は同志だったはずだ。それなのに、口先だけの謝罪で、簡単に口車に乗せられて。

裏切り者！」

発砲のその直前に、ラスカは痛みを堪えて飛び立った。若里の手を目掛けて蹴りを入れ、腕に摑みかかって羽ばたく。放たれた弾の軌道が逸れる。幹村の頰を、弾が掠めた。

「ひ、ああ！」

それまで銃を持っている側だった幹村は、今初めて、自分の命の危機を実感した。パニックに陥り、腰を抜かして這いつくばって悲鳴を上げた。

追撃しようとする若里に、ラスカが食い下がる。鋭い爪で若里の顔にしがみつき、バサバサと大きく翼を振るう。

黒い翼に視界を遮られ、若里はラスカの羽を毟る勢いで翼を握った。

「くそ！　なんだよこのカラス！」

「いい加減にしろ！」

ラスカの声が、倉庫に響き渡った。

「あんたのしてることは幼稚な逆恨みだ！」

途端に、若里の顔色が変わった。ラスカを引っ摑む手から、力が抜ける。

「この声……お前、──か？」

「その名前で呼ぶな」

「なんで……なんでカラス？　なんでカラスから、お前の声がするんだよ」

若里がわなわなと震え、ラスカの羽毛に爪をたてた。ポキッと、風切羽の軸が折れる。翼を覆う羽が数枚、硬い床へ落ちていく。そして若里は、わあっと叫んでラスカを床に叩きつけた。

真っ青になって頭を抱え、伸びた髪をくしゃくしゃに掻き乱す。

「なんでだ？　俺はついに頭が壊れたのか？　なんで。せっかく会えたのに、なんで……！」

「うるせえ。声がでかい」

「俺がどこかで間違えたから、お前がカラスになってしまったのか？　俺のせいなのか？」

「ほっとけ。あんたは関係ない」

「お前が――なら、なんで俺の邪魔をする？　警察の味方をするのか？　警察は、お前がいなくなっても捜してくれなかったのに」

ラスカの心臓がまた、ずきずきと痛みだす。思い出しそうになる記憶に蓋をするように、ラスカは叫んだ。

「なんの話だよ。俺はとっくに忘れた！」

「お前が俺をわかってくれないなら、俺はなんのために……！」

そして若里は、銃口を自身のこめかみに当てた。

「いや、もうなんだっていい。なんにせよ、もうやり直せない」

床に放られたラスカは、体を起こそうとした。しかし翼を折られたせいで、うまく体に力が入らない。

「おい、やめろ」

声だけ発しても、若里は止まらない。

「お前が……冷凍庫の中の死体に気づいて、俺に自首を勧めてきた時点で、従っておけば……」

「やめろ」

「やり直せたかも、しれないのに」

「やめろ！」

パンッと、銃声が虚しく轟（とどろ）いた。

ラスカは寝そべった姿勢のまま、噴き出る血を見ていることしかできなかった。若里の体が仰け反り、背中から倒れ込む。

ラスカはしばし固まって、なにも考えられなくなった。

数秒の石化ののち、ラスカは翼を軸にして体勢を立て直した。風切羽が根本から折れている。寝そべる霧嶋のほうへと、痛む体を引きずる。

「なあ、おい。起きろ」

霧嶋はぴくりとも動かない。ラスカは一歩一歩、小さな体で霧嶋に向かっていく。

「寝てんじゃねえ。今なにが起きてるか、ちゃんと見ろ」

霧嶋の胸から、血が溢れ出ている。コンクリートにじわじわと、血の海が広がっていく。

死んでいるかのような姿だが、残留思念が見えない。まだ生きている。だがこのまま血を垂れ流していれば、手遅れになる。

これだけ銃声が続いたというのに、外で待機する仲間はまだ突入してこない。最初の威嚇射撃があったせいか、慎重に様子を見ているのだ。幹村はパニックで倉庫の隅に逃げて、姿も見えない。

「なんで、なんで俺、カラスなんだよ」

ラスカは喉の奥から消え入りそうな声を絞り出した。

せめて人の姿なら、霧嶋を介抱できた。抱えて倉庫の外へ連れ出せた。外へ救助を呼びに行こうにも、翼が折れて飛べない。のこのこ歩いていれば間に合わない。第一、扉を開けられない。

ラスカは、この体の自分の無力さを痛感した。翼の折れた鳥でしかない自分は、目の前で霧嶋が血を流して倒れていても、なにもできない。

「ふざけんな。起きろ……」

霧嶋は目を閉じ、薄れゆく意識の中で、微かにラスカの声を聞いていた。

「目え覚ませ。頼むから。なあ、なんでもするから」

体が痛い。呼吸がうまくできない。体から血が抜けて、意識が保てなくなっていく。きっとこのまま僕は死ぬんだ、と、霧嶋は思った。目を閉じて眠ってしまえば、二度と目覚めることはない。

そして、それでもいいと思った。最愛の妻のいない世界から解放される。ちょうどそこに死神がいるのだ、自分の魂は、彼があの世へ連れて行ってくれる。

悪くない。こんな最期でも、じゅうぶん満足な二十八年だった。

すうっと、体が軽くなる感覚があった。痛みも息苦しさも、なにもかもがなくなる。霧嶋はこれが死か、と、不思議と自覚した。

そのとき、もう聞こえないはずの耳に、どこからか声が届いた。

「あなたは、体の生を放棄して、死を受け入れた」

誰の声だろうか。やけに透き通ったその声が、淡々と続ける。

「死を乗り越えた、その先の存在になる権利を与えましょう」

誰？　なに？　と、問いかけようとした。しかしすでに、喉すら動かない。

「ただし、その先は、永遠に死と向き合い続けることになる。あなたにその覚悟があるのなら――」


突然、霧嶋の体に激痛が蘇った。

「いっ……！」

身が千切れるような痛みも、呼吸の苦しみも貧血による目眩も、全部が一気に戻ってきた。あまりの刺激に目を開ける。薄暗く黴臭い倉庫の、硬い床の感触。視界の先には、倒れている若里が見える。

「あれ……僕、死んだはずじゃ」

この全身の悲鳴は、間違いなく、生の感覚である。

ふいに、胸にふわりと柔らかい感触を見つけた。汗を滲ませて、目線をそこに向ける。

見ると、自身の胸元に、黒い羽毛の塊があった。ラスカだ。羽を血塗れにして、霧嶋の胸にぎゅっと寄り添っている。

「ラスカ……？」

「動くな。血、止まんねえ」

傷口に自分の体を押し付けて、溢れ出る血を止めようとしているのだ。霧嶋はまさか、と、ぐらつく頭で思う。

「僕、死んだよね？　……もしかして君……」

死神は、残留思念をあの世へ送る。しかしその過程で残留思念を引き止め、この世に残すこともできる。

ただしそれは、「生命を冒瀆してはならない」という死神の掟を犯す。最も重い罪を背負う。

「どうして……あれだけ、だめだって叱られて、罰も受けてるのに」

霧嶋の怒りは、掠れて声になっていなかった。

「これは千晴さんのときみたいに、〝つい〟ですらない。君は意図的に、罪を犯した」

羽毛を血で濡らす小さなカラスに、霧嶋は、出せる限りの最大限の怒りをぶつけた。

「なんで生き返らせた……！　僕は受け入れてたのに。どうして勝手なことしたんだ！」

命の恩人だとか、言ってやるつもりはない。一度失われた命を再び再生させることは、命の冒瀆である。それは殺人に等しい罪である。

ラスカはそれでも、霧嶋の胸に羽を押し付けていた。そしてぽつりとひと言だけ、言い訳をする。

「……嫌だった」

目の前で霧嶋が死ぬのが、嫌だった。ただそれだけである。

外へ運ぶことも傷の手当もできず、助けも呼べない。無力な自分にできたのは、たったひとつ。霧嶋の残留思念を、あの世へ送らずにわざと体に引き戻すことだけだった。

それが最も重い罪に当たるとわかっていても、霧嶋を成り行きのままにしておけるほど、ラスカは大人になりきれていない。

霧嶋は消えかけた声で、ラスカの言葉を繰り返した。

「そっか、嫌だったか」

ラスカは罰を免れない。死刑すらあり得る。それはラスカ自身も承知している。覚悟の上で、霧嶋をこの世へ連れ戻した。

だから、彼は歯を食いしばった。

「ラスカがそれだけの覚悟を持って、僕の命を冒瀆したんだ。それなら僕も、応えるしかない」

おとなしく死んでなどいられない。生きて帰らなければならない。霧嶋は一度捨てた体に、ぎゅっとラスカを抱き寄せた。

そこへ、ガタンと、出入り口の扉が開いた。外の光が床を照らす。飛び込んできた声は、瀬川のものだった。

「霧嶋！」

「待て瀬川、まだ突入許可は出てない！」

後ろから同僚も追ってくる。瀬川は彼らを振り払い、倉庫へと突っ込んでくる。

「何回も銃声響いてんのに待ってられるか！　おい、霧嶋！　霧嶋！」

暑苦しいのが来た。と、霧嶋は眉を顰めると同時に、ほっと安堵した。体の力が抜けると、自然と頬が緩んだ。

＊＊＊

病室のカーテン越しに、青い色画用紙のような空が見える。鳥が横切っていく。カラスだろうか、と様子を見ようとして体を少し捻ると、胸の傷が強く痺れた。

「いたっ！」

病室のベッドで過ごし、二日。霧嶋は暇を持て余していた。

あの立てこもり事件のあと、霧嶋はすぐさま病院へ運ばれた。若里が放った銃弾は、霧嶋の心臓と肺の隙間辺りに入っていた。出血量が多かったものの、幸い致命傷を免れた。緊急手術で弾は取り除かれ、現在は順調に回復している。

あと少し弾の位置がずれていたら、そして、あと少し流血が多かったら、処置が間に合わなかった。

カララと、部屋の戸が開く音がした。ベッドを囲うカーテンを引くと、入ってきた男、瀬川と目が合った。

「お疲れ様です」

「起きてんのか。好きなだけ寝られるいい環境なのに、贅沢な奴だな」

瀬川は嫌味っぽく言った。霧嶋はそうですね、と苦笑する。

「普段ブラック労働で、いきなり長期休暇ですから。退屈な入院生活、早くも飽きてます」

「じゃあさっさと戻ってこい。こっちは幹村と若里の捜査でてんてこ舞いだ」

トンと、瀬川が霧嶋のベッドのサイドテーブルに、白い箱を置いた。パティスリーの名前が印字された、ケーキ箱である。

「ったく、相手が銃持ってんのわかってて、なんで装備を外したんだよ」

「課長からも部長からもこってり叱られました。でも人質の命を優先したかったので」

「警察官は殉職したら二階級特進。俺より偉くなりかけてんじゃねえよ」

口は悪いが、瀬川が霧嶋をどれほど心配したか、霧嶋にも伝わってきた。しかしそれを差し引いても口が悪いので、霧嶋はにこにこしながらも笑顔が引きつってきた。

瀬川がどかっと、ベッドの脇の丸椅子に腰を下ろす。

「幹村が自供したよ。人質の若里とはグルだった。むしろ若里から提案して、あの事件を起こしたらしい」

倉庫でパニックを起こした幹村だったが、彼は怪我もなく保護された。しばらくは口も利けないほど憔悴していたが、今は少しずつ、事情を話している。

「警察に恨みを持つ者同士、結託したんだとよ。大学の中退を余儀なくされた幹村は、誹謗中傷される恨みつらみを匿名SNSに書き込んでいた。それを見つけた若里に、協力を呼びかけられたんだとさ」

ふたりは共犯者となった。遺体の入った冷凍庫の遺棄も、幹村が手伝ったという。

「そうでしたか……」

霧嶋は小さくうなだれた。

「若里さんは？」

「あいつも悪運が強いよな。頭を撃っても生き延びるとは」

若里は銃で自身の頭を撃ち抜いた……はずだったが、震えていた手は発砲の反動に耐えられなかった。引き金を引いた瞬間に手が弾かれ、軌道が逸れて、狙った位置に弾が入らなかったという。彼は生きたまま保護され、緊急逮捕された。

一命は取り留めたものの、若里は脳の一部を損傷した。彼は目を覚ましても、言葉を発することなく、抜け殻のようにベッドに座っている。

瀬川ははあと、大きなため息をついた。

「いちばん話を聞きたい奴が、喋らなくなっちまった。とりあえず幹村から聞いた話によれば、若里も警察を憎んでいて、ネットで志の似てる奴を探していたらしい」

かつて起きた警察学校の爆破未遂も、警察に恨みを持つ者にコンタクトを取った、若里の提案だったという。

若里は、自分自身を卑下し、自殺未遂を図るような男だった。それと同時に彼は、警察に恨みを持つ他人を操作して、自分自身は動かない形で警察を攻撃する狡猾(こうかつ)さを持ち合わせていた。弱さと攻撃性は紙一重だ、と、霧嶋は思う。

「しかしなあ、なんであんなに警察を恨んでんだろうな。本人がああなっちゃあ、聞こうにも聞けねえ」

瀬川が脚を組み、愚痴を零す。霧嶋は黙って、白い布団に目を落とした。若里が警察を憎んだ理由は、現場で聞いた覚えがある。ただし、あのときは意識が朦朧としていて、はっきりと記憶しているわけではないが。

行方不明になった友人を、警察がきちんと捜さなかった。それが、若里が激怒している理由だ。自分のせいで友人が行方不明になった——そう語っていた彼だったが、全責任を自分が背負える性格ではない。警察にでも転嫁しないと、生きていけなかった。

しかし、真剣に取り合わなかった当時の警察の対応も悪かったと、霧嶋は思う。事情をまともに聞いていれば、いなくなった青年の身を案じて、捜索に乗り出したかもしれない。

瀬川は若里の顔を思い浮かべては、苛立っていた。

「若里、家賃滞納で思い悩んで線路に飛び込んでたらしいな。色々面倒くせえからもしかしてわざと黙秘してんのか？　頭がやられた演技をして、取り調べから逃れようとしてやがるのか」

「お医者さんが『脳に損傷』って言ってるんだから、演技じゃないと思いますが……もしこの先話せるようになったら、全部話してもらいましょうね」

彼の回復の見込みは絶望的だったが、霧嶋は希望をかけてそう言った。

もしも彼が、過去の罪も全て告白したら……自分の中にある仮説の真偽がはっきりする。

霧嶋は、不機嫌面の瀬川に尋ねた。

「あの、僕が救助されたとき、近くにカラスがいませんでしたか？」

「あ？　カラス？」

瀬川が眉を寄せる。

「そういえばいたな。お前のすぐ横に」

「そのカラス、どうなりました？」

救助された霧嶋は、すぐに救急車に乗せられて、その後の現場は同僚たちに任せてきた。あの場にいたラスカがどうなったのか、彼はまだ知らない。

瀬川が淡白に答える。

「どうもなにも、そのまま置いてきたよ。あいつら人の死体も食べるからな、お前が死ぬと思って待ってたんだろう。気持ち悪い鳥だ」

不愉快そうに肩を竦める瀬川に、霧嶋はなにか言おうとして、結局口を閉じた。

あのときの霧嶋は、意識がぼんやりしていて記憶が曖昧である。だが、自分の傷口にぴったりと体を寄せて、羽毛を血塗れにしていたラスカの姿は、目に焼き付いている。彼が今頃、どこでどうしているのか。連絡手段がないラスカ相手では、霧嶋には確認のしようがない。

目を伏せて布団を見つめる霧嶋に、瀬川はぼそっと、言った。

「まあ、なんやかんやお前は、立てこもり犯も人質も生きたまま回収したし、お前も生きてる。上出来なんじゃねえの」

それから霧嶋を一瞥し、椅子を立つ。

「じゃ、俺は暇じゃないんで、そろそろ行く」

「はい。お見舞いありがとうございました」

小さく会釈する霧嶋に、瀬川は背を向け、それから一旦振り返った。サイドテーブルの箱を指差し、吐き捨てるように言う。

「それ、うちのカミさんと娘が気に入ってる店のプリン」

「わあ。ご馳走様です」

霧嶋はにこりと微笑む。立ち止まっていた瀬川は、しばらく考えたのち、か細い声を出した。

「お前の奥さんのこと……この間知った」

「ああ、聞いたんですね」

特に表情を変えもしない霧嶋を前に、瀬川は奥歯を噛んだ。妻子のいる幸せを謳歌する瀬川は、最愛の妻を喪った霧嶋の気持ちを思うと、胸が張り裂けそうだった。それなのに事情も知らずに、彼に自分の幸せをアピールして、霧嶋を見下していた。だというのに霧嶋は、瀬川には妻子がいるからという理由で、自ら危険な役目に名乗り出た。結果的に霧嶋は、死にかけるほどの大怪我をしている。

「なんで言わなかったんだよ。お前がもっと、言いたいことちゃんとぶつけてきてたら、俺だって誤解しなかったのに。俺、すげーやな奴じゃん」

瀬川がぽつりと零す。霧嶋は思わず、瀬川を見上げて怪訝な顔をした。

「そうでなくても、瀬川さんはすげーやな奴ですよ？」

「あ？」

あまりに歯に衣着せぬ物言いに、瀬川は耳を疑った。うっかり本音を漏らしてしまった霧嶋は咄嗟に口を塞いだが、今更ごまかせない。これまでおとなしくにこにこしていた霧嶋だったが、ついに本性を解放した。

「言いたいこと、言っていいんですね？」

「お、おお」

「では言います。なにかにつけて僕の悪口に結びつけてましたけど、その応用力を仕事に活かせないんですか？」

ばっさり言ってのける霧嶋を、瀬川はぽかんとした顔で眺めていた。この際だからと、霧嶋は溜まっていた鬱憤を晴らすことにした。

「それと僕が独り身であろうとなんだろうと、プライベートに突っ込んでこないでください。今時古いですよ。ダサいです、そういうの」

「お、おお……？」

「僕は大人なんで、腹が立っても受け流しますけど。あなたのやってることは子供っぽすぎて、目も当てられません」

申し訳なさそうに佇んでいた瀬川は、徐々にふつふつと怒りが込み上げてきた。

「こっちが下手に出れば……。やっぱりお前、性格悪いな！」

「でも僕は感じがいいので、瀬川さんよりましです」

「くっそ！　退院したら覚えてろよ」

瀬川は最後にそう吐き捨てて、ずかずか歩いて病室を出ていった。霧嶋はその後ろ姿に舌を出す。

上下関係に厳しい警察組織で、先輩に対して物申してしまった。しかし霧嶋は、言いたいことを言えて、どこかすっきりしていた。勝手に持たれていた高飛車なイメージが変われば、これからは少しくらいは、関係が改善されるかもしれない。と、胸の中で呟く。

外からカラスの声がする。ちらりと、サイドテーブルのデジタル時計を確認する。午前十一時。霧嶋はゆっくりと、ベッドから降りた。

傷をさすりながら、廊下を歩いていく。エレベーターでいちばん上まで上がり、そこに広がる屋上庭園へと踏み出す。

真っ青な空が霧嶋を出迎える。夏の気配を纏った風が髪を撫で、芝生の散歩道で小さな花が揺れる。

入院生活で寝てばかりいたら、体が鈍ってしまう。かといって激しい運動はまだできないので、彼はここで、数分だけ散歩する。自分の他に誰もいない静かな空間は、風の音が心地よく聞こえる。

一瞬、鳥の影が日の光を遮った。霧嶋は空を見上げる。翼を広げたカラスが、ゆっくりと滑空してくる。

「もしかして……」

カラスの一羽一羽の見分けはつかない。だが、カラスを見ると、あれは彼ではないかと、真っ先に考えてしまう。

霧嶋は希望を託すように、腕を高く差し出した。鳥影が近づいてくる。カラスはとん、とそこに着地した。

カラスの見分けは、やはりつかない。だが、自分の腕にとまるカラスといえば、ひとりだけ。

「ラスカ！」

「あんた、もう歩けるんだな」

ラスカがひとつまばたきをする。霧嶋はほーっと、肺の中がからっぽになりそうなため息をついた。

「よかったー。さすがに心配してたんだよ。血だらけになってたよね」

「あれ、あんたの血だし。俺は別に、見てただけだから」

本当は翼を折られたが、ラスカは強がって言わなかった。ただの鳥であれば回復に時間がかかるが、死神であるラスカは体質が違う。一日かけて回復させ、どうにかここまで飛んでくるまでに再生させた。

霧嶋はラスカの背中で交差する風切羽がやや曲がっていることに気がついたが、触れないでおいた。

「銃の弾、死なないギリギリのところに入って、出血量もギリギリセーフだったんだ。ラスカのおかげで助かったんだ。君、死神なのにね」

「好き好んで死神やってるわけじゃねえし」

ラスカがつんと突っぱねる。霧嶋は笑い、フェンスにもたれかかった。好き好んで死神になるわけではない。ラスカはむしろ、死のうとする人を死なせないために、咄嗟に動いてしまう性格をしている。

霧嶋は、話せなくなった若里の顔を思い浮かべた。冷凍庫に遺棄された死体の真相は、犯人しか知り得ないはずだ。しかしそれを第三者が知っていたとすれば、犯人から聞いた以外には考えにくい。

もしもラスカに、人間だった頃があるとしたら——。

若里は、死んだ祖母を数年に渡り、冷凍庫の中に隠していた。そしてその数年間の途中で、高熱を出した若里のもとへ友人が訪ねてきて、遺体を見つけてしまった。若里は彼に黙っていてくれとでも頼んだのだろうが、友人は拒絶した。彼の反応に、若里は「絶望した」。捕まる恐怖に苛(さいな)まれた若里は、自殺を仄めかして彼から逃げ出した。

それからは、若里自身が語っていたとおりだ。彼を捜しに行った友人は、帰ってこなかった。

若里を捜しに行った友人は、おそらく、警察には相談していない。若里が自殺を匂わせていたのであれば、警察に通報すれば警察が真剣に捜索に乗り出すはずだが、友人はそうしなかった。なにせ若里は、冷凍庫の中に遺体を隠しているのだ。もしもこれが警察に見つかったら、若里自身が自首する前に捕まってしまう。友人は、若里に自首させたかったのだろう。

霧嶋は、腕にとまるラスカのくちばしを、そっと撫でた。

「君、そういう人だもんね」

「なんの話だよ」

死体遺棄の真相を知っている人間は、犯人以外には、この友人だけ……と、霧嶋は胸の中で呟いた。これらは単なる、霧嶋の憶測に過ぎないが。

ラスカも、過去を思い出そうとしない。思い出しかけると体が拒否反応を起こす。自身の死とは、恐ろしい瞬間だっただろう。その強すぎる刺激をいつまでも抱えずにいられるように、彼ら死神は、記憶に蓋をする。きっと、そうだ。

霧嶋はもう、ラスカの過去をこれ以上掘り下げるのはやめた。

「なにがあったんだろうと、君は君だしね。あんまり気にしなくていいか」

「だから、なんの話だ」

初夏の風が心地よい。ラスカの背中の羽がふわふわと捲れて、日の光を透かしている。

霧嶋はその柔らかな羽毛を眺めていた。

「ねえ、ラスカ。やっぱり僕、一度死んだの、気のせいじゃないよね」

意識が途切れた、あの瞬間を思い起こす。痛みからも苦しみからも解放され、楽になれると思った。しかしその数秒後、現実に引き戻された。

「でもさ、体が死んでるなら、残留思念が体に戻ってきても定着しなくてすぐ死んじゃうんじゃなかった？　なんで僕は生きてるの？」

たとえ意識が戻っても、体の機能が停止していれば、都合よく再度動きだすことはないはずだ。不思議がる霧嶋に、ラスカは答えた。

「あんたの死に方はレアケースだったんだよ。肉体から思念体が離れて残留思念になるのは、体の機能の停止瞬間がほとんどだ。だがあんたの体は、ほっといたら死んでたけど、まだ生きてた。生きてたのに、あんたが死を受け入れたから、残留思念が離れた」

「そういえば前に、そんなケースがあるって聞いたね」

以前霧嶋が、生と死の境界はどこなのかと尋ねたとき、ラスカが話していた。ラスカはこくりと頷く。

「あんたは思念体が離れても、体はまだ機能してた。だからそこに思念体を戻せば、意識が戻る」

「そういうことかあ」

霧嶋は一度死を受け入れたが、ラスカが受け入れなかった。罪を背負ってでも霧嶋を死なせたくないラスカの強い想いを受け取り、霧嶋は「死ねない」と思った。その執念が、彼を今ここに生存させている。

「でもさ、残留思念をあの世へ送らずにわざと手放したという事実は変わらないよね。君は死神の掟のうちいちばん重大なやつを、まーた破ったわけだ」

霧嶋はたしかに、体から中身が抜けた。ラスカは体から離れた思念を、一度触れてわざと霧嶋の体に戻した。その実感が、霧嶋自身にもある。

ラスカが掟を破るのは、これが初めてではない。能力の制限とカラスの姿にされる罰だけでは、足りないだろう。

ラスカはくちばしを下に向け、俯いた。

「生命の冒瀆は、いちばん重い罪だ。二度もやったら、死刑もあり得る」

日本の法律でも、人をふたり以上殺せば死刑の可能性が強まる。たとえ、殺人とは逆に生き返らせた場合でも、同等の重みの罪として、死神は罰せられる。

「だが、あんたの場合は体が生きてたから、捉え方によってはまだ死んでなかったとも言える。だから、さほど重い罪には問われなかった」

俯いていたラスカはもそもそと、腹の羽の中に脚をしまった。膨らんだ腹の羽毛が、霧嶋の腕に被さる。

「一日二十三時間カラスの姿にされる程度で済んだ」

「一時間しかもとに戻れないの⁉」

「次また同じことをしたら死刑だそうだ」

「ギリッギリじゃないか！」

罰を受ける覚悟で罪を犯したラスカは、やはり重めの量刑を受けていた。

頭を抱える霧嶋を見上げ、ラスカは胸を反らせた。

「でも、あんたと接触してる件については、裁判のとき、なにも言われなかった。ばれてないのか、大目に見てもらえたのかはわからない。フロウも黙っててくれてるわけだ」

「それは幸いだな……」

霧嶋はラスカの背中に手を置き、平らな翼を撫でた。

「君って奴は、全く。こんなに小さくなっちゃって……」

バカなのかと笑ってやりたいが、これは霧嶋の命を助けたくて、ラスカが自ら選んだ結果だ。

「本当に君は、死神に向いてない」

「うっせ」

死神に向いていないのに、死神として生きていくしかない。そんなラスカを見て、霧嶋は、死の感触の中で聞いた声を思い浮かべた。

『死を乗り越えた、その先の存在になる権利を与えましょう』

『ただし、その先は、永遠に死と向き合い続けることになる』

あのとき。知らない誰かの声が、自分に呼びかけてきた。声の相手に何者なのかと尋ねる前に、ラスカに引き戻された。あの幻聴のような、それでいて妙にはっきりと記憶に残っている声はなんだったのかと、霧嶋はまだ、わからずにいる。

『あなたにその覚悟があるのなら――』

ラスカに引き戻されるのがもう少し遅かったら、この続きも聞いたのだろう。

病室で寝ている退屈な時間に、霧嶋は何度か、この声を思い出した。そして、彼なりに考えた。

死を乗り越えた、その先の存在。それはまさしく、今腕にとまっている彼のような者を指すのではないか。

きっと声の主は、ラスカが「上」と呼ぶ存在だ。その声は、体の機能が止まっていない状態で、本人が死を受け入れた者に聞こえる。そしてその首の皮一枚で機能している肉体を器として作り変えられ、新たな名前と新たな使命のもとで生きることになる。残留思念という、死者の残骸に向き合い続ける形で。

「ラスカが邪魔してこなければ、僕も君と同じになれたのかな」

霧嶋はラスカを乗せた腕を、目線の高さまで上げた。つらいことも多そうだが、身軽で自由な彼らには、少しだけ憧れなくもない。

「でも僕の仮説が正しかったら、記憶が消えちゃうんだもんな。千晴さんのことも君のことも忘れたくないから、人間でいいや」

しかしこれも、霧嶋が暇潰しに考えた空想の域を出ない。なにしろ死神本人たちも知らないから、答え合わせができないのだ。

ラスカはつぶらな瞳をぱちくりさせている。不思議そうに霧嶋を眺めたのち、くちばしを開いて欠伸（あくび）をした。

「今は二十三時間カラスだけど、これまで同様、残留思念回収に勤（いそ）しめば罰は緩和される。つうわけで、これからひと仕事してくる」

「うん。いってらっしゃーい」

霧嶋はラスカを空へ飛ばそうとして、やはりやめた。

「あ、待って。もとの姿に戻れる一時間は、何時頃？」

「夕方六時から七時まで」

翼を広げかけたラスカは、一度止めて、そう答えた。霧嶋がにやっと笑う。

「よし、病院の面会時間内だ。もとの姿に戻ったら、僕の部屋から着替えを持ってきて。あと暇潰し用の本も。できれば毎日、無理なら最低二日に一回くらい。これまでどおり、掃除もお願いね」

「えっ、一時間で？」

ラスカは丸い目をもっと丸くして、羽を逆立てた。

「もとの姿に戻れる貴重な一時間だぞ、俺だって他にやりたいことあるのに」

「おっと。『なんでもするから』って言ったの、誰だったかな」

霧嶋が機嫌良さげに、ラスカのくちばしの先に指を押し当てる。ラスカはしばし、くちばしをあんぐりさせた。倉庫で倒れた霧嶋に、自分がたしかにそう言ったことを、今更ながら思い出したのである。

にやつく霧嶋を眺めて絶句していたラスカは、やがてわなわなと、羽毛を震わせた。

「意識飛んでたんじゃねえのかよ……」

「そこは聞こえてましたー。撤回はさせないよー」

霧嶋は青空を仰いで笑った。

「人間と関わると罰せられるらしいけど、今回は叱られなかったみたいだしさ。それに君は、重刑覚悟で僕を蘇生させたんだ。パシリくらい喜んでやってくれるんじゃないの？」

「こ、こいつ……」

ラスカはぎゅっと、足の指に力を込めた。爪が霧嶋の腕に食い込む。霧嶋を目一杯睨むが、鳥の顔では凄んでも迫力がない。ラスカは霧嶋の腕を蹴り、翼を広げた。

「退院したら、美味いもの食わせろよ！」

翼が風を起こし、黒い体が舞い上がる。まだ怪我を引きずってうまく飛べない翼で、上昇気流を捕まえ、高いフェンスを乗り越えていく。眩しい日の光を背負い、空にくっきりと鳥の影が象られている。

霧嶋は遠ざかっていくその黒い翼を、満足げに見上げていた。

あとがき

この原稿を描いている現在、野鳥たちがベビーラッシュの季節です。外から今年生まれのカラスの巣立ち雛の声が聞こえてきます。鳥たちが元気に巣立っていくように、この物語も、多くの人々のもとへ巣立ち、そして皆様の心に残るものになればいいなあと思います。

『死神ラスカは謎を解く』、一巻を応援してくださった皆様のおかげで、こうして続刊の刊行に至りました。温かなご声援、本当にありがとうございました。

このシリーズは、事件そのものを解決に導くより、事件の本質を紐解いていく物語を中心に描いていきました。残留思念、つまり死の瞬間というのは、その人間模様に迫るものだからです。今回の巻は、前巻より一層その風合いを強く描きました。

また今回は、既刊では描ききれなかった「死神とは？」に迫る内容となっております。謎に包まれているけれど、どこか身近で、「フッー」な存在である死神たち。自由気ままなようにも、ハードにも見え、どこにでもいるが解明されていない謎も多い、しかし本人たちはただ純粋に日々を生きているだけ……まさに、カラスをはじめとする鳥のような存在です。

この物語を描くにあたり、取材に応じてくださった皆様、制作に携わってくださった関係者の皆様、書店様、読者様へ。この場を借りて、お礼申し上げます。

誠にありがとうございました。

植原翠

この物語はフィクションです。
実在の人物、団体等とは一切関係がありません。
本書は書き下ろしです。

植原翠先生へのファンレターの宛先

〒101-0003　東京都千代田区一ツ橋2-6-3　一ツ橋ビル2F
マイナビ出版　ファン文庫編集部
「植原翠先生」係

死神ラスカは謎を解く2

2024年3月20日　初版第1刷発行

著　者　植原翠
発行者　角竹輝紀
編　集　山田香織（株式会社マイナビ出版）、須川奈津江
発行所　株式会社マイナビ出版
〒101-0003　東京都千代田区一ツ橋2丁目6番3号　一ツ橋ビル2F
TEL 0480-38-6872（注文専用ダイヤル）
TEL 03-3556-2731（販売部）
TEL 03-3556-2735（編集部）
URL https://book.mynavi.jp/

イラスト　煮たか
装　幀　太田真央＋ベイブリッジ・スタジオ
フォーマット　ベイブリッジ・スタジオ
ＤＴＰ　富宗治
校　正　株式会社鷗来堂
印刷・製本　中央精版印刷株式会社

ⓒ2024 Sui Uehara ISBN978-4-8399-8484-7
Printed in Japan

Fan
ファン文庫

死神ラスカは謎を解く

罪を犯し罰を与えられた死神と一年前に妻を
亡くした刑事が事件を解決していく異能力ミステリー

管轄内で連続通り魔事件が起き、疲労困憊の刑事・霧嶋。新たな通り魔事件が起き、霧嶋が現場検証を行っていると「ここは殺された場所じゃない」と言う不思議な青年が現れ…？

著者／植原翠
イラスト／煮たか